Réserve

ORIGINE

DES GRACES,

PAR MADEMOISELLE D ****.

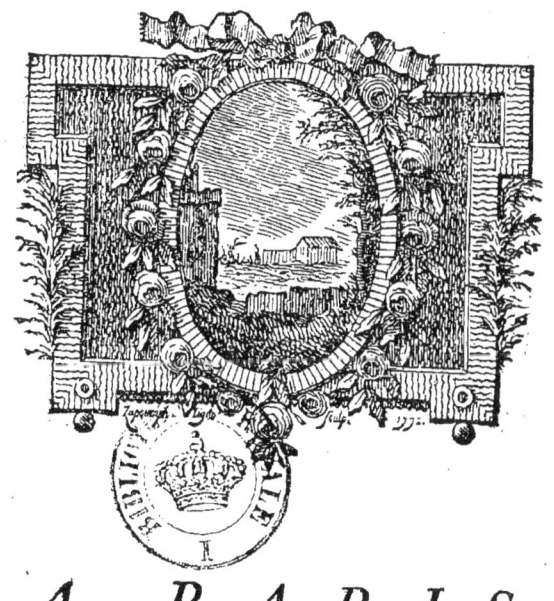

A PARIS.

M. DCC. LXXVII.

AVIS

DE L'ÉDITEUR.

CE petit Ouvrage est le coup d'essai d'une jeune personne, qui n'avait que dix huit ans lorsqu'elle le composa. Un Homme de Lettres ayant lu l'Idille des Colombes, lui dédia l'Epître à Peristere, dont l'ORIGINE DES GRACES fut la réponse. J'y ai trouvé une délicatesse, une recherche d'expressions qui sont cependant toujours naturelles ; une ressource singuliere dans l'invention, qui n'est jamais aux dépens de la sagesse du plan : & j'ai pensé que ce serait faire un larcin au Public, de le priver de cette charmante production. L'Auteur n'aurait jamais pensé à la faire paraître : tous ses Ecrits furent consacrés à l'amitié & à la reconnoissance. Le coloris de la Volupté, le langage de l'Amour, qu'il était impossible d'éviter en parlant de Vénus & des Graces, firent d'abord balancer l'Auteur à donner carriere à son génie. Mais la lecture des Poëtes, & les pieces de théâtre ne suffisent-elles pas pour donner à un esprit vif, à une am sensible, la théorie d'une passion dont un cœur vertueux reconnaît le danger ? Ce fut l'objection que l'on fit à la jeune Auteur de l'Origine des Graces ; & c'est ce qui l'a déterminée à me permettre de faire paraître son Ouvrage.

LES COLOMBES.

A Madame DE *** *Chanoineſſe.*

Petits Oiseaux chéris de Vénus, timides
Colombes, ne craignez rien ; vous pouvez vous
repofer fur les fleurs qui bordent le ruiffeau
voifin de ma cabane. Je les cultive pour vous
attirer près de moi ; que ma préfence ne vous
faffe point fuir ; mes chants ne troubleront point
vos tendres careffes ; le fon de mon pipeau léger fera auffi doux que le murmure de ce ruiffeau.

Je te falue, ô Periftere ; la plus belle des Colombes ; tu as été auffi la plus belle des Nymphes
avant ta métamorphofe. C'eft toi qui fis gagner
à Vénus la gageure qu'elle fit contre Cupidon ,
à qui aurait cueilli plus de fleurs avant le coucher du foleil : il perdit trois plumes de fes aîles
qu'il avait parié contre une boucle des cheveux
de Cypris. Mais ayant appris la tromperie de
Vénus, & que tu en étais caufe, le cruel fe

vengea de toi, ô Periftere, en te perçant le cœur de fa fleche la plus aiguë. Vénus inconfolable te métamorphofa en Colombe, & depuis cet inftant cet oifeau lui fût confacré. Pour t'avoir fans ceffe auprès d'elle, la Déeffe renvoya les cygnes qui conduifaient fon char à Cythere, & voulut qu'il fût à l'avenir traîné par deux Colombes. Telle eft ton aventure, belle Periftere, ou du moins c'eft ainfi que je l'ai apprife du fage Ménandre, fi favant dans l'art de chanter les Dieux & les Déeffes.

Pour moi, je chante les Colombes, parce que leur douceur reffemble à celle de la touchante Eglé . . . . Eglé fi tendre & fi fidelle à à la mémoire de l'Amant qu'elle a perdu. Ainfi, petites Colombes, lorfque la mort vous fépare du pigeon que vous chériffez, vous fuyez pour jamais la troupe folâtre des Amours, & mêlez dans les bois vos tendres gémiffemens aux accens de Philomele : de même Eglé en dépit des Faunes amoureux, fe refufe au plaifir d'aimer,

& fait à la fidélité le facrifice des feux que fa beauté allume encore.

Eglé eft fœur de cette charmante Mirfa pour laquelle vous avez dérobé la ceinture de Vénus (1), pour obéir aux Graces & à l'Amour qui vous l'avaient ordonné. Aimables Colombes, je l'ai vu parée de cette ceinture qui eft couleur de pourpre & qu'elle porte en écharpe : je fentis dans ce moment pour Mirfa tout ce qu'une mortelle peut infpirer de plus tendre. J'attribuai cet effet à la ceinture divine. Mais bientôt Mirfa l'ayant quittée pour fe parer de guirlandes de fleurs, elle me parut plus belle encore ; & je reconnus que l'élégance de fa taille & la nobleffe de fes traits étaient auffi puiffans fur les cœurs, que la ceinture de la reine de Cythere, dont Mirfa n'a pas befoin d'emprunter les charmes pour briller entre fes compagnes.

C'eft vous, petites Colombes, qui me rappellez le fouvenir d'Eglé & de Mirfa. Car la blancheur de votre plumage n'effacerait point l'é-

_____

(1) Allufion au cordon de Chanoineffe.

clat de leur teint, & la douceur de leur peau peut être comparée à celles de vos plumes. Je vous aime davantage depuis que je vous trouve quelque reffemblance avec nos plus belles Nymphes. Auffi je vous promets un afyle fûr autour de ma cabane. J'y cultiverai des mirthes, dont les rameaux foutiendront vos nids dans le printems, & dont les feuillages garantiront vos tendres œufs des injures de l'air. J'ornerai mes arbres de guirlandes de violettes & de réféda, en l'honneur de Periftere, la plus chérie des Colombes de Vénus, & je poferai des cailloux au bord de mon ruiffeau, pour faciliter aux jeunes Colombes les moyens de fe défaltérer; je vous fournirai abondamment de la mouffe & des grains de millet. Venez, douces colombes habiter l'afyle que je vous offre, ou plutôt ne le quittez jamais; vous ferez mes plaifirs; le battement de vos aîles m'éveillera avec l'Aurore, vos careffes fi tendres me procureront de douces rêveries; & le foir, après un repas ruftique, je m'endormirai au bruit de vos roucoulemens.

M. DE *** A L'AUTEUR.

A PERISTERE,

Redevenue la plus belle des Nymphes, après avoir été la plus belle des Colombes.

VOUS, à qui la vengeance même de l'Amour, le plus terrible de tous les Dieux quand il eſt irrité, n'avait pu ôter le don de plaire, tant les charmes du naturel ſont ineffaçables, & qui fûtes, en dépit de lui, la plus belle des Colombes, comme vous aviez été la plus belle des Nymphes ; vous à qui ce Dieu, confus de ce mouvement de colere, a rendu vos premiers traits, en laiſſant de plus à la Nymphe tout ce que la Colombe avait d'aimable, la candeur, la tendreſſe & la fidélité ; vous qui depuis avez vu cent fois votre ennemi à vos genoux vous demander grace & pitié :

O Periſtere ! s'il eſt vrai qu'admiſe à la cour

de Vénus, & chérie de la Déeffe à l'égal de fes propres filles, vous foyez initiée à fes myfteres les plus fecrets, apprenez-moi ce que les Devins même favoris d'Apollon, les Poëtes n'ont pu m'apprendre.

Quelle eft l'Origine des Graces? A quelle aventure elles ont dû la naiffance? Pourquoi les Deftins ont voulu qu'il y eût trois Graces, tandis qu'il n'y avoit qu'une Vénus? Quels font les traits qui les diftinguent, fi elles font nées le même jour, du même pere; & de quel pere? car je ne puis me perfuader que les Graces foient filles du foudroyant Jupiter : une majefté fi terrible s'accorde mal avec l'idée de la douce ingénuité.

Vous donc qui connaiffez fi bien, qui fuivez de fi près les Graces; vous qu'elles ont nourrie fur leurs genoux, & réchauffée dans leur fein, tandis que vous étiez Colombe; vous dont les aîles careffantes ont tant de fois fervi de voile à leurs charmes à demi-nuds; vous qui vous reffentez encore d'avoir pris l'ambroifie fur leurs levres de rofe, confiez-moi ce que vous favez du myftere amoureux qui leur donna le jour. Eh! qui peut mieux parler des Graces que celle qui parle comme elles! Vos écrits, belle Périf-tere, font tracés avec l'une des trois plumes divines que l'Amour avait gagées contre fa mere. Vénus, contente de la gloire de les avoir gagnées, vous en a fait préfent, & a dit à l'Amour : « Confole-toi, mon fils, tes plumes dans fa » main, te ferviront mieux qu'à tes aîlés, & te » gagneront plus de cœurs que tous les traits de » ton carquois. »

TABLE

Des Pieces contenues dans cet Ouvrage.

Fin de la Table.

ORIGINE

Y8492.

Tibulle respira l'amour dans ses écrits,

Et pour récompenser une si tendre flamme

Il saisit l'instant où Vénus regardait tendrement Charité.

ORIGINE DES GRACES.

POEME.

CHANT PREMIER.

Graces, je veux chanter votre origine.
Inspirez-moi ; daignez répandre sur mes chants
votre douce influence, tendre Euphrosine : aimable Thalie, accordez ma lyre ; & vous,
timide Aglaé, jettez un voile sur mes yeux ; mais
qu'au travers de la gaze divine, je puisse percer
le mystere amoureux qui vous donna le jour.

A

Sans votre fecours, ô Graces ! qui pourrait peindre les charmes de la belle Vénus, le jour qu'elle s'offrit aux regards enchantés de l'heureux Charite ? Ce fut pendant les fêtes de Cythere. La Déeffe, après avoir joui trois aurores des hommages qu'on lui rend dans fon temple, retournait dans les cieux affife fur un char de nacre de perle, traîné par deux cygnes d'une blancheur éclatante ; un ruban azuré qui entourait leurs cols flexibles, l'aidait à diriger leur courfe. Tout-à-coup une rêverie profonde s'empare de Vénus ; elle fe rappelle les plaifirs qu'elle a goûtés dans l'ifle de Cythere, & abandonnant le ruban qu'elle tendait, elle le laiffe flotter fur fes cygnes, qui fe trouvant en liberté, fe dérangent de leur route ordinaire. Déjà ils ont quitté le chemin de lumiere qui conduit à l'Olympe ; ils fe jouent au milieu des airs ; & volant plus rapidement, ils ramenent le char vers la terre.

Il eft dans l'ifle de Nicée un valon folitaire, fermé d'un côté par un bois confacré aux Mufes ; de l'autre, où le foleil fe couche, s'élevent plusieurs côteaux richement parés des dons de Bacchus & de Cérès.

Au pied de ces côteaux s'ouvre une grotte profonde, dont l'entrée tapissée de pampre verd, auquel s'entrelacent amoureusement les roses & le chevre-feuille, offre le plus riant aspect.

D'un roc voisin se précipite une onde pure qui, roulant par gros bouillons, écume & tombe avec bruit dans une fontaine bordée de roseaux, & se divise en plusieurs ruisseaux qui arrosent le gazon émaillé de fleurs.

Ce fut dans ce vallon charmant que les cygnes immortels poserent le char de la Reine de Cythere. En sortant de sa rêverie, elle admire ces beaux lieux que sa présence embellissait encore.

C'était l'instant où le blond Phébus finissait sa carriere, & ses derniers rayons doraient la cime des côteaux; les oiseaux rassemblés sous la verdure formaient les plus doux concerts; l'écho répétait le bruit des eaux; Zéphir, en se jouant sous les feuillages, répandait une fraîcheur délicieuse & les fleurs parfumoient les airs.

ORIGINE

Vénus defcend de fon char, elle s'approche de la fontaine ; le cryftal lympide lui offre fes attraits. Elle s'admire elle-même, tant le charme de la beauté eft puiffant ! La clarté de l'eau l'engageant à fe baigner, elle délie fa ceinture de pourpre, tiffu myftérieux qui infpire infailliblement la tendreffe, & laiffe tomber la légere robe de gaze qui dérobait une partie de fes charmes ; elle releve enfuite fes cheveux blonds, qui formaient fur fon fein mille boucles ondoyantes, & les attache avec des joncs ; puis donnant la liberté à fes cygnes, & quittant fes brodequins où brillent des pierreries de toutes couleurs, elle entre dans la fontaine.

D'abord l'eau ne monte qu'aux genoux de Vénus ; puis elle gagne fon fein & couvre fes charmes fans les rendre invifibles. Ses cygnes qui l'ont fuivie forment autour d'elle mille cercles humides ; ils fe plongent, & volant enfuite, ils font jaillir en rofée l'eau de leurs ailes fur le fein de Vénus, qui leur jette à fon tour une poignée de gazon qu'elle a cueillie fur le bord de la fontaine. Ils reviennent auprès d'elle , & nagent majeftueufement. Tandis qu'elle paffe fes mains divines fur leurs plumes argentées , Mifire , le plus beau des cygnes , par fes accens mélodieux fait paffer dans fon ame un trouble plein de charmes : elle le preffe dans fes bras , & le tendre oifeau répond à fes careffes en battant des ailes. Déjà fon col flexible entourait celui de Vénus , fon bec entre-ouvert refpirait l'ambroifie fur fes levres parfumées , lorfque des accens plus doux encore que ceux de Mifire fe font entendre. La Déeffe en eft émue , & ceffant de jouer avec fes cygnes , elle fe cache parmi les rofeaux. Cependant elle en fort plufieurs fois pour découvrir d'où part la voix qu'elle entend. En jettant les yeux du côté de la grotte , elle apperçoit à l'entrée un berger tenant une lyre. Le prenant pour Apollon , & s'imaginant qu'il s'était ainfi déguifé pour la furprendre , elle fe plonge dans la fontaine avec frayeur. Le bruit de l'eau , qui jaillit de toute part , interrompt les chants du Berger. Il fufpend fa lyre à un arbre , & s'approche. Vénus qui s'est rendue invisible, le regardant tranquillement, reconnaît à ses cheveux bruns que ce n'est pas Appollon; mais alors elle se souvient d'Adonis, dont le Berger avait les traits & même la parure; (il portait un manteau de peau de tigre attaché avec un ruban bleu, couleur favorite de la Déesse des Amours, & qu'Adonis préférait pour lui plaire). Elle soupire à ce souvenir; & ne pouvant se lasser d'admirer celui qui lui offre l'image de l'amant qu'elle a perdu, elle s'offrirait à ses yeux, si la pudeur ne la retenait. Bientôt le Berger retourne vers la grotte, & reprenant sa lyre, il continue ses chants.

Vénus reste immobile d'admiration & de plaisir. Couchée négligemment sur les roseaux, elle écoute chanter le berger, tandis que ses cygnes voilent ses charmes de leurs ailes caressantes.

Le Berger célébrait les amours de Diane & d'Endymion. « Que ton sort fut heureux » disoit-il « ô Endymion le plus beau des Pasteurs ! qu'il

» fut digne d'envie ! Tu fus chéri d'une Déeffe,
» & tu vengeas l'Amour en triomphant du cœur
» de Diane. Je vous falue, Déeffe indifférente,
» qui devîntes la plus tendre des amantes, lorfque,
» traverfant fiérement les cieux fur votre char
» d'argent, au milieu d'une infinité d'étoiles
» brillantes, vous jettâtes les yeux fur les cam-
» pagnes de la Carie. Les troupeaux renfermés
» pendant la chaleur du jour bondiffaient alors
» fur l'herbe fleurie ; les Pafteurs affis aux pieds
» des Bergeres faifaient retentir les échos de
» mille chanfons d'amour ; le feul Endymion,
» endormi à l'écart, goûtoit le repos de l'indif-
» férence. Vous l'apperçûtes, ô Déeffe ! & fa
» beauté vous rendit fenfible. Il connut bientôt
» fon bonheur, & mille fois quittant les cieux,
» la belle Diane oubliant fa fierté, eft venue
» foupirer auprès du Pafteur, & goûter dans
» fes bras les plaifirs & la volupté des amans ».

Ainfi chanta le Berger ; mais les ombres légeres
commençant à déployer les voiles de la nuit, il
fe préparait à s'éloigner, lorfque Vénus, qui

craignait de le perdre, fortit d'entre les rofeaux:
elle paffe fa robe à la hâte, noue feulement fa
ceinture; &, laiffant fes brodequins fur le gazon,
va à la rencontre du Berger.

La préfence de la Déeffe lui infpire un refpect
mêlé de trouble. Trois fois la parole expire fur
fes levres. Il voit bien que ce n'eft pas une mortelle, mais les joncs qui nouent fes cheveux le
font douter fi c'eft une Divinité du ciel ou de la
terre. Vénus jouit de fon embarras. « O, vous »
dit-il enfin « dont la beauté effacerait toutes les
» beautés de l'Univers, daignez m'apprendre par
» quel prodige vous vous offrez à mes regards
» enchantés. Berger » lui dit Vénus « j'ai entendu
» tes chants, ils m'ont ravie; &, pour t'entendre
» encore, je veux paffer la nuit dans cette grotte.
» Suis-moi fans crainte, car tu as charmé la
» Déeffe des Amours ». En difant ces mots elle
entre dans la grotte. Sa préfence y répand une
douce clarté.

Le Berger lui apprend qu'il a choifi cet
afyle pour invoquer Apollon & les Mufes,

& lui faifant remarquer un lit de mouffe, la belle Vénus confent à s'y repofer. Après avoir permis au Berger de fe placer auprès d'elle, elle lui demande fon nom & fes avantures.

» Grande Déeffe » dit le Berger « quel moyen » de s'occuper d'autres penfées lorfque l'on eft » auprès de vous ! cet effort me femble au-deffus » d'un foible mortel ; cependant je vais effayer » de vous obéir.

» Je fuis né très-loin de cette ifle. Mon pere, » qui aimait beaucoup la chaffe, ayant tué par » mégarde un cerf qui étoit à Apollon, tomba » dans une langueur qui l'eût conduit au tom- » beau, fi ma mere qui l'aimait tendrement n'eût » confulté l'Oracle. Le Dieu lui répondit que, » pour fauver fon époux, il fallait qu'elle » expofât, dans une forêt qu'il lui nomma, » l'enfant qu'elle portait dans fon fein. Ma mere » qui était fort jeune, & qui avait ardemment » defiré un gage de la tendreffe de fon époux, » fut fort affligée de cette réponfe ; elle n'ofa » lui en faire part ; mais plufieurs fois le foleil

» fe coucha fans qu'elle pût fe réfoudre à pren-
» dre aucun aliment, & fans que le fommeil fer-
» mât fes paupieres. Accablée de douleur, elle
» fe traîna enfin dans un bois confacré aux
» Mufes, pour y prendre une derniere réfolu-
» tion. A peine y fut-elle arrivée, que fa foi-
» bleffe la fit tomber fur le gazon, & lui caufa un
» affoupiffement, pendant lequel une Divinité
» lui apparut. Elle avait la figure d'une femme
» âgée qui a été fort belle ; elle était richement
» vêtue. Confole-toi, Méroé » dit-elle à ma
mere « je fuis Mnémofine, mere des Mufes : ta
» douleur m'a touchée ; ne crains rien en expo-
» fant ton fils, je le prendrai fous ma protection ;
» je le ferai élever par mes filles ; il deviendra un
» jour le favori du Dieu que tu redoutes. Après
» ces paroles elle difparut ; & ma mere à fon
» réveil fe trouva raffurée. Elle retourna auprès
» de fon époux, qui retrouva la fanté dès que
» Méroé fut déterminée à m'expofer. Etant né
» quelques mois après, elle m'enferma dans une
» corbeille d'ozier ; & ayant fait accroire à mon

» pere que j'étais mort en venant au monde , elle

» me porta dans la forêt ; & m'expofant au pied

» d'un chêne , après m'avoir baifé mille fois en

» pleurant, elle commençait à s'éloigner, ainfi que

» l'Oracle le lui avait ordonné, lorfqu'un bruit fou-

» dain lui faifant retourner la tête , elle apperçut

» Mercure, le meffager des Mufes , qui emportait

» la corbeille. Il lui jetta une branche de laurier

» en figne du pardon qu'Apollon lui accordait.

» Ma mere qui reconnut l'effet de la protection

» que Mnémofine lui avait promife pendant fon

» fommeil, lui éleva dans ce lieu un petit autel

» de mouffe , fur lequel elle immola un jeune

» corbeau ; & les Mufes m'ont appris qu'elle

» avait eu depuis plufieurs enfans , qui avaient

» fait le bonheur de fa vieilleffe.

     » Cependant, ô Déeffe ! Mercure me porta

» fur le mont Parnaffe ; les Mufes m'y reçurent

» avec joie, & me nommerent Charite. Je com-

» mençais à peine à parler, qu'Erato & Calliope

» fembloient s'envier le plaifir de m'inftruire ;

» Melpomene & Thalie y joignirent leurs leçons ;

» & j'avois à peine trois luſtres, qu'Apollon me
» choiſit pour être le poëte de ſon temple dans
» cette iſle qui s'appelle Nicée, & qui lui eſt con-
» ſacrée. Les habitans en ſont doux & paiſibles ;
» ils s'occupent à chanter les Dieux & à cultiver
» la terre. Pour moi j'aime la chaſſe comme mon
» pere ; je demeure ordinairement dans les bois où
» je partage mon tems entre mon arc & ma lyre.
» Je chante les amours & la beauté ; mais aux
» jours des ſacrifices, je me rends au temple pour
» célébrer le Dieu que nous adorons. Alors on
» s'aſſemble en foule autour de moi ; ce peuple
» ſenſible ſe plait à m'entendre, & me comble de
» careſſes lorſqu'il me rencontre.

    » Telles ſont mes avantures, grande Déeſſe »
continua Charite ; « mais c'eſt à cet inſtant que
» j'éprouve davantage les faveurs du deſtin,
» puiſque Vénus daigne s'intéreſſer à mon
» ſort. — Oui, Charite, » lui dit-elle « ton récit
» m'a attendrie ; mais pourquoi ne m'as-tu point
» parlé de tes amours ? Ignores-tu les bienfaits
» dont je peux te combler ? Ou ton cœur eſt-il

» encore indifférent ? Si cela était, que tu ferais
» heureux ! Endymion était un Berger comme
» toi ; mais il fut moins aimable, & il a char-
» mé une Immortelle ». La Déeſſe n'en peut
dire davantage ; elle baiſſe les yeux, & le
plus vif incarnat colore ſes joues divines. . .
Déjà le Berger étoit à ſes genoux, lorſque
l'Amour qui cherchait ſa mere, entra dans
la grotte, tenant Periſtere (1). Il était ſuivi
du Plaiſir au doux ſourire, & de la Volupté
aux regards languiſſans. La troupe folâtre des
Jeux & des Ris n'était pas loin, mais n'o-
ſait entrer. « Maman » dit l'Amour en embraſ-
ſant Vénus, « je vous ai cherchée par-tout dans
» le palais de Jupiter ; je ſuis retourné à Cy-
» there, & je remontais triſtement dans les cieux,
» ne ſachant où vous étiez, lorſqu'en jettant les
» yeux ſur le vallon prochain, j'ai reconnu vos
» cygnes qui jouaient dans la fontaine. Etant
» promptement deſcendu, je me ſuis aſſis ſur le

_____

(1) Périſtere, colombe de Vénus.

» dos de Mifire, en lui ordonnant de me conduire
» vers vous ; auffi-tôt il a pris le chemin de cette
» grotte. Mon fils » lui dit Vénus, en le careffant
fur fes genoux « je fuis contente de ton empref-
» fement ; mais ordonne à ta fuite de nous pré-
» parer un repas ; car je veux refter ici ; ce
» Berger me plait plus que toutes les grandeurs
» de l'Olympe ». Elle dit, & l'Amour vole à
fes ordres ; mais le Plaifir & la Volupté reftent
auprès d'elle.

Charite accordant fa lyre aux doux accens de
fa voix, célebre ainfi les charmes de la Déeffe de
Cythere :

« Qui pourroit peindre, ô Reine des Amours!
» la douceur de votre fourire & le feu voluptueux
» de vos regards, qui font à la fois languiffans
» & animés ! qui pourroit exprimer l'éclat de
» votre blancheur, la vivacité de vos couleurs,
» & l'élégance de votre taille divine ! Vos yeux
» reffemblent à l'efcarboucle brillante ; vos che-
» veux font plus beaux que ceux d'Hébé ; vos
» mains femblent être d'ivoire travaillé avec les

» fleches de l'Amour ; vos pieds font petits comme
» les fiens. Je vous chanterai fans ceffe, Reine de
» la beauté ; mais hélas ! mes chants feront au-
» deffous de vos charmes ; je les adorerai du
» moins, & mon amour les égalera ».

Cependant le fils de Vénus rentre dans la grotte,
chargé de fruits qu'il vient de cueillir ; les Jeux
& les Ris s'approchent pour fervir leur Reine ;
les uns étendent fur la mouffe une légere nappe
de gaze ; les autres préparent les fruits fur de
grandes feuilles, tandis qu'Amour retourne à la
fontaine, d'où il rapporte de l'eau cryftalline
dans de grandes coquilles. Vénus, charmée de la
fimplicité de ce repas, choifit elle-même les plus
beaux fruits, & les offre à fon Berger ; le Plaifir
leur verfe à boire ; les Jeux & les Ris les amufent
par leurs difputes enfantines : car tous veulent
être utiles à leur Reine.

Amour, jaloux de leur empreffement, leur
ordonne de ceffer, & fe charge feul du foin de
fervir fa mere. Les Jeux & les Ris, pour fe venger,
lui jettent malicieufement une coquille d'eau fur

ſes ailes brillantes. Amour ſe fâche; Vénus le gronde; Amour piqué dit tout bas, je me vengerai.

Après le repas, Vénus ſe penche négligemment ſur le lit de mouſſe; le Plaiſir l'enchaîne avec des guirlandes de fleurs que Périſtere avait apportées dans ſon bec, & la Volupté déploie ſes cheveux ſur ſon ſein. Charite, l'heureux Charite jouit de ce ſpectacle raviſſant; mais Amour fâché contre ſa mere, & caché dans un coin de la grotte, méditait ſa vengeance.

Il ſaiſit l'inſtant où Vénus regardait tendrement Charite; & prenant ſa fleche la plus aigue, il la lance au Berger . . . . Auſſi-tôt le Plaiſir jette ſur eux le voile de la Volupté, & les Jeux s'enfuient avec l'Amour, riant de ſa vengeance.

Fin du premier Chant.

CHANT II.

C'était Péristère qui pour obéir à Vénus, posa sur la Tête de
Céphise la Couronne de l'Amour.

CHANT II.

EN VAIN les rameaux de lierre & de jasmin, qui tapissent l'entrée de la grotte, ont dérobé aux étoiles la faiblesse de la Reine de Cythere; en vain la Volupté l'a couverte de son voile, les rayons du jour qui commencent à percer les branches vont découvrir à Phébus le bonheur de Charite.

Doucement endormi auprès de sa divine amante, le Berger respirait l'ambroisie sur ses levres de rose, lorsque la vigilante Péristere les éveilla par le battement de ses ailes. « Le jour approche », dit Vénus : « Phébus est indiscret, dérobons nos » tendres amours à sa curiosité ». Charite lui propose d'être témoin de la fête de Corésie, qui devait se passer dans le bois sacré : il reprend sa lyre; & Vénus s'appuyant sur son bras, ils sortent de la grotte suivis de la fidelle colombe.

En traversant la prairie émaillée de fleurs qui

B

femblent naître fous les pas de la Reine des
Amours, Charite lui conte ainfi le fujet de la fête
de Coréfie.

« Il y eut, dans l'ifle de Nicée, une fille nom-
» mée Coréfie, parfaitement belle, mais d'une
» indifférence extrême. Favorifée des Mufes, elle
» imitait leur chafteté ; & toujours cachée dans
» les forêts, elle ne s'occupait que de la poéfie,
» traçant fes vers fur le fable & fur l'écorce des
» arbres ; 'mais elle ne chantait que la liberté.
» En vain les plus tendres Bergers entreprirent
» d'adoucir fon cœur farouche ; elle fuyait d'une
» vîteffe extrême, graviffant les rochers les plus
» efcarpés, ou paffant les étangs à la nage pour
» fe dérober à leurs amours.

« Un jour étant endormie fous des faules,
» elle fut furprife par le jeune Evandre, qui la
» força de lui céder. Coréfie, au défefpoir,
» perça le cœur du téméraire avec un javelot
» qu'elle portait à fa ceinture, & fe tua, après
» avoir gravé fon malheur fur une pierre. Les Mu-
» fes la pleurerent, & lui drefferent elles-mê-

» mes un tombeau dans le bois ; mais elles jetterent

» le corps d'Evandre dans la mer. Depuis ce tems,

» plufieurs belles filles fe font confacrées aux Mu-

» fes, à l'exemple de Coréfie. Toutes les vierges

» de cette ifle s'affemblent une fois chaque prin-

» tems autour de fon tombeau pour célébrer fa

» mémoire ; un oifeau envoyé par les Mufes, fuf-

» pend une couronne de lierre à un chêne antique ;

» & après les chants de douleur, celle des jeunes

» vierges qui defire le plus vivement de reffembler

» à Coréfie, reçoit la couronne de l'oifeau ; alors

» elle s'engage par ferment de vivre indifférente ;

» & s'enfonçant dans les forêts, elle ne paraît

» plus parmi fes compagnes ».

Charite étoit déjà fort avancé dans le bois lorfqu'il acheva fon récit. Vénus, toujours charmée
de l'entendre, lui demande fi les caractères
qu'elle apperçoit fur l'écorce des arbres &
fur de petits autels de pierre font l'ouvrage
» de Coréfie. Ce font plufieurs poëtes, » répond
le Berger, « qui ont ainfi tracé leurs chants
» en l'honneur des Mufes. Parmi ces autels, en

» voici un que j'ai élevé à Apollon ; vous y
» verrez, ô Déeffe ! les amours de ce Dieu
» pour Daphné , & la métamorphofe de cette
» Nymphe en l'aurier. J'en fais l'aventure », dit la
belle Vénus ; « mais je voudrais l'entendre fou-
» pirer fur votre lyre , dont les fons , Charite !
» me plaifent plus que ceux d'Appollon même.
» Repofons-nous fur cette fougere , nous en
» avons le tems, puifque la fête ne commence
» qu'au coucher du foleil». Elle dit , & détachant
la lyre du Berger , il commença des accens fi tendres que les ruiffeaux cefferent leurs murmures &
les oifeaux leur ramages.

A mefure qu'il chante , il fait paffer dans l'ame
de Vénus & le trouble d'Apollon , & la frayeur
de Daphné ; elle croit la voir fuir , pourfuivi du
Dieu qui l'adore ; elle voit fes beaux cheveux
flotter au gré des vents ; car l'ardeur de fa courfe
a détaché le ruban qui les retenait ; elle voit le
Dieu prêt à la faifir par fa robe , dont le défordre
ne dérobe plus qu'une partie de fes charmes.
La Déeffe croit entendre les vœux que la nymphe

adreſſe à ſon pere, & ſes ſoupirs d'être trop-
tôt exaucée ; elle croit voir les bras de Daphné,
étendus vers le ciel, ſe changer en rameaux, &
ſes doigts en feuillages ; enfin elle ſent palpiter
ſon cœur ſous l'écorce qui le couvre , & voit
Apollon embraſſer l'arbre plaintif qui lui dérobe
ſon amante . . . . « Arrête , ô Charite ! s'écrie
» Vénus enchantée , tes vers ſont trop tendres ,
» ta lyre eſt trop mélodieuſe ; qui pourra en ſou-
» tenir la volupté , puiſqu'une Déeſſe ſuccombe
» à l'ivreſſe que tes accens répandent dans ſes ſens !
» Aimable Berger , toi ſeule es digne de chanter
» les tendres amours , & toi ſeul à jamais char-
» meras leur Reine ».

Charite reçoit avec tranſport les éloges de
Vénus : elle les accompagne de mille careſſes ,
auxquelles il répond avec délices. Mais la lumiere
du jour mettant des bornes à ſes deſirs, le Berger conduit ſon amante par une allée ſombre
à une colline , ſur laquelle ils trouvent un
temple ruſtique. En entrant dans le temple , la
Déeſſe eſt agréablement ſurpriſe à la vue de trois

statues faites du plus beau marbre blanc. Elles repréfentaient trois jeunes filles nues, tenant une guirlande de fleurs dont elles s'entrelaçaient.

La premiere qui regardait les autres avec tendreffe, avait je ne fais quoi de féduifant qui fit d'abord croire à Vénus que c'était la Volupté; fa tête languiffamment penchée, elle femblait refpirer avec plaifir le parfum de la guirlande qu'elle tenait élevée d'une main, tandis que de l'autre elle enchaînait fes compagnes.

Vénus interdite croit que rien ne peut furpaffer la beauté de cette ftatue; mais bientôt la feconde attirant fon attention, lui offre ce qu'on peut imaginer de plus agréable. La Gaieté brillait dans fes yeux, le Sourire entrouvrait fes levres, & le Plaifir femblait animer fon beau fein, dont on croyait voir le mouvement, tant l'ouvrier avait bien imité la nature.

Vénus alors refte indécife à laquelle des deux ftatues elle donnerait la préférence; mais jettant un regard fur la troifieme, elle eft encore plus furprife.

Elle avait les traits enfantins d'une Bergère qui à peine a trois luftres ; fes yeux baiffés, fes foins pour cacher avec fa guirlande les charmes d'un fein naiffant, exprimaient l'embarras qu'elle éprouvait de fe voir ainfi toute nue.

La Reine de Cythere, après les avoir confidé-rées l'une après l'autre, les regarde toutes en-femble, & les trouve encore plus charmantes. Elle ne peut arracher fes yeux d'un fpectacle fi nouveau & fi agréable. Trois fois fes mains divi-nes toucherent le marbre poli, pour s'affurer fi ces belles pierres ne refpiraient pas. La fraîcheur du marbre prouve qu'elles font inanimées. La Déeffe s'éloigne, & l'illufion recommence. Le Berger jouit de fon embarras : « Apprenez-moi » lui dit-elle enfin, « par quel art on a pu exécuter » trois figures auffi belles dans des génres diffé-» rents, & quelles font les mortelles qui ont fervi » de modeles ; car nous n'avons point de Déeffes » auffi parfaites, & ma ceinture même ne donne » pas tant de charmes.

» Déeffe, je fuis feul inventeur de ces fta-

» tues, mon imagination me les a préfentées
» telles que vous les voyez; j'ai exprimé leurs
» charmes dans mes chants, & un habile fculp-
» teur, faififfant mes idées, a trouvé le moyen de
» les rendre vifibles. Mortel favorifé des Dieux,
» lui dit Vénus, tu eft donc leur pere; je n'en fuis
» pas furprife, depuis que j'ai entendu tes accens.
» Mais quoi, les Nicéens connaiffent-ils fi peu le
» prix des prodiges, qu'ils laiffent une telle
» merveille cachée dans un bois ? Les Nicéens,
» reprit Charite, chériffent ces ftatues; ils leur
» rendent même une forte d'hommage : c'eft pour
» cela qu'ils les ont dépofées dans ce temple, où
» elles font à l'abri des ravages du tems. Je les ai
» nommées de mon nom, les trois Charites, ou
» Graces; & pour les diftinguer plus particulié-
» rement, on appelle la premiere Euphrofine, la
» feconde Thalie, & la troifieme Aglaé. Telle
» eft, belle Vénus, leur origine. Mais l'heure
» de la fête approche; fi vous voulez en être té-
» moin, il faut defcendre dans le bois ».

Vénus ne quitte le temple des Graces qu'avec

une peine extrême ; elle voudrait les voir fans ceffe, & defire avec ardeur d'obtenir de Jupiter le pouvoir de les animer pour en faire fes compagnes ; mais voulant furprendre Charite, elle lui cache fon projet, & lui dit, en defcendant la colline, qu'un ordre fecret l'oblige de retourner dans l'Olimpe après le coucher du foleil.

A cette nouvelle le Berger eft atteint de la plus vive douleur ; il veut fe plaindre, & la parole expire fur fes levres. Il jette un regard timide fur fon amante ; & depuis qu'il doit la perdre, elle lui paraît plus belle encore. Eperdu, accablé, il s'arrête, & couvre de baifers la main qui ferre la fienne. Un profond foupir femblant faire paffage à fes pleurs : « ô toi ! dit-il enfin, qui » m'as fait connaitre fi délicieufement le pouvoir » de tes charmes, Reine des Amours, toi qui as » voulu être mon amante, tu vas donc me fuir.... » cruelle Vénus ! puifque vous ne pouviez refter » fur la terre, pourquoi vous êtes-vous offerte » à mes yeux ? Pourquoi avez-vous troublé » mon repos ? . . Que dis-je ? Ah ! pardon ; qui

» pourrait trop payer les plaisirs que j'ai goûtés
» avec toi ? Ma mort en fera le prix, car je ne
» survivrai pas à ton absence. Arrête, lui dit Vé-
» nus ; ta mort me rendrait l'immortalité affreuse.
» Mais tu t'égares, Charite, je ne t'abandonne
» point ; je te quitte quelque tems pour obéir à des
» ordres suprêmes ; & je jure par l'Amour d'être
» avec toi au retour de l'Aurore ». Comme on voit
le timide oiseau qui a fui effrayé par l'orage, revenir sous les feuillages humides chanter le retour du calme & des Zéphirs, ainsi le tendre
Berger est rassuré par la promesse de son amante.
Mais avant de quitter la terre, Vénus veut voir
la fête de Coréfie.

Déjà les Echos l'annonçaient en répétant mille
sons plaintifs ; les filles de Nicée, répandues
dans le bois, formaient de tristes accens, & exprimaient leur douleur par des chants lugubres
en l'honneur de Coréfie. Les unes, en célébrant
sa beauté, regrettaient qu'une si belle nymphe
eût perdu le jour à la fleur de son âge ; d'autres
juraient d'imiter son indifférence, quand même

elles n'obtiendraient pas la couronne ; d'autres
animées d'une fureur divine , inspirées sans doute
par les Muses , formaient mille imprécations
contre l'ombre du malheureux Evandre ; & sem-
blables aux Bacchantes furieuses , elles s'arra-
chaient les cheveux , se frappaient le sein , &
faisaient retentir les airs de leurs cris de douleur.

En approchant du tombeau , la belle Reine
des Amours appercevant la couronne de lierre
déjà suspendue au chêne sacré , regrette le cœur
que l'Indifférence va enlever à son fils. Si Cupidon était ici , dit-elle au Berger , je lui ordon-
nerais de blesser tous les cœurs des filles de
Nicée.

L'Amour n'était pas loin ; il entendit sa mere ;
& saisissant cette occasion de faire sa paix , il
parut couronné de roses & chargé d'un carquois
rempli de fleches d'or. Vénus avait déjà oublié la
vengeance de son fils ; elle fut ravie de le revoir ;
& se rendit invisible avec lui.

Après avoir vu disparaître Vénus , après
avoir soupiré mille fois de s'éloigner d'elle ,

l'heureux Poëte d'Apollon, feul mortel admis à
la fête, s'avance dans une allée fombre , où les
filles de Nicée s'étaient affemblées pour l'attendre. Là , il reçoit des mains de la plus jeune ,
nommée Céphife , un voile de crêpe noir ,
qui tombant jufqu'à fes pieds en longs plis
flottans, le dérobe à tous les yeux. On lui pofe
une couronne de cyprès fur la tête ; & devenu grand-prêtre du facrifice , il commence la
marche , fuivi en filence de deux files de jeunes
vierges couvertes de voiles de gaze tranfparente.
Arrivées au tombeau , elles forment un demi-
cercle ; & Charite , au milieu d'elles , ayant
donné le fignal en étendant fa main droite , chacune des vierges laiffe tomber fon voile, qui ,
étant attaché fur l'épaule , & devenant un léger
manteau , ajoute un vouvel agrément aux longues
robes de pourpre dont elles font vêtues.

Que de beautés parurent alors au dernier rayon
du jour ! Il femblait que Phébus arrêtait fon cours
pour les comtempler à travers les arbres ; des
tailles charmantes font parées de guirlandes de

lierre, dont le vert rembruni prête un nouvel
éclat à la blancheur de leur fein ; quelques
branches de cyprès retiennent leurs beaux cheveux, dont une partie flotte fur leurs épaules
d'ivoire. Vénus voit ce fpectacle du nuage où elle
s'eft retirée. « Hâte-toi, mon fils », dit-elle à l'A-
mour : « que ces belles indifférentes deviennent
» tes conquêtes..... ». Auffi impatient que fa mere
de voir foupirer ces jeunes Beautés, l'Amour
prend fon arc, & tandis que Charite fait des libations fur le tombeau, il lance fes fleches, dont les
pointes font trempées dans les larmes de la douce
Langueur & de la Volupté. Tous les coups du
petit Dieu font certains, & pas un cœur n'échappe
à fes traits.

Comme on voit les eaux tranquilles qui répétaient dans leur fein l'azur du ciel fans nuages,
foudain agitées par les vents, former mille flots
argentés qui fe brifent en s'élevant ; ainfi les
belles filles de Nicée, bleffées par l'Amour, fortant du calme de l'indifférence, fon livrées tout
à coup au trouble du feu fecret qui vient de fe

glisser dans leurs ames. Surprises, interdites, elles ne savent ce qu'elles desirent & craignent de le connaitre. Cette couronne , qui faisait leur ambition , leur cause une frayeur mortelle ; le ferment de vivre indifférente leur parait terrible. Il semble qu'une lumiere divine les éclaire sur le précipice où elles allaient se jetter. Mais comme chacune de ces tendres vierges ignore que ses compagnes éprouvent la même ardeur , elles se reprochent ce qu'elles sentent , & baissent leurs beaux yeux , craignant que l'on y lise leur crime. Cependant plusieurs commencent à soupirer , en songeant aux tendres Bergers qu'elles ont rebuté tant de fois.

Parmi ces dernieres , la jeune Céphise , que ses blonds cheveux , sa candeur & son tein de roses avaient fait remarquer à Vénus ; Céphise sent couler ses larmes en se rappellant le fidele Zamis, qui a juré de mourir si elle obtient la couronne ; Zamis qui l'a aimée dès son enfance. Elle aurait peut-être été sensible à son amour ; mais sa mere lui ayant vanté le bonheur de l'indifférence, elle allait fuire Zamis pour imiter Coréfie.

Soit par l'ordre de Vénus, ou pour récom-
penfer le fidele Zamis, il femble que l'Amour a
bleffé Céphife plus vivement que les autres vierges, fon trouble augmente, elle peut à peine fe
foutenir. « Qu'ai-je fait, difait-elle dans fon cœur?
» Quoi ! l'envie d'obtenir cette couronne m'ex-
» pofe à caufer la mort du plus aimable des Ber-
» gers ?.....Mais pourquoi cette pitié que je ne
» fentais pas hier ? Ah, Zamis ! je le fens, je t'ado-
» rais fans le favoir ; les confeils de ma mere ont
» fait taire mes fentimens ; que j'en fuis punie !
» Tu ne mourras pas feul, cher Zamis ; ta trifte
» Céphife ne vivra pas fans toi......Que dis-je,
» malheureufe ? Quelle image m'occupe dans ce
» moment ? Craignons d'irriter les Divinités
» auxquelles je fuis confacrée.....Hélas ! quel mal
» pourraient-elles me faire plus cruel que celui
» que j'endure ? O mânes de Coréfie ! pardonnez;
» ne vous irritez pas de ces foupirs que j'ignorais
» lorfque je me fuis deftinée à vous imiter ; je
» vous vengerai par le facrifice de ma vie. Ah !

» peut-être un plus affreux se prépare ; dans ce
» moment Zamis attend la mort, & c'est moi qui
» prononcerai son arrêt par un serment odieux !
» le pere de Zamis, ce veillard respectable pleu-
» rera la perte de son fils, & j'en serai la cause !
» O Zamis…». La douleur qui transporte Céphise
lui fait prononcer ces derniers mots assez haut
pour qu'ils soient entendus de Zoé sa plus proche
compagne. « Que dit-tu de Zamis ; dit-elle à Cé-
» phise ? -- Que je l'adore. Et moi, continua Zoé,
» il me semble que j'aime Odalis : & depuis ce
» moment, je fremis d'obtenir la couronne. Mais,
» ma chere Céphise, il est tems encore, retirons-
» nous avant de faire le serment…. Je le vou-
» drais, répondit Céphise ; mais je crains que
» cette action ne me rende indigne du vertueux
» Zamis ; ainsi j'aime mieux mourir si j'obtiens
» la couronne». Tel étoit le trouble de ces belles
filles. Cependant Charite, qui a fini la cérémonie
des libations, revient au milieu du cercle. Il
étend sa main de nouveau pour avertir les
vierges de commencer les chants de l'indifférence

rence ; mais aucune ne trouve d'expreſſion ; &
la farouche Dolia, qui devait chanter la premiere, reſte muette comme les autres. Charite
commençait à ſoupçonner la cauſe de ce ſilence,
lorſqu'un bruit ſoudain ſe faiſant entendre, on
vit paraître la troupe des Bergers. L'Amour les
conduiſait, malgré les riſques qu'ils couraient
en offenſant les Muſes. Eh, qui n'obéirait à
L'Amour !

Zamis, ſemblable au Dieu Mars lorſqu'il eſt
irrité, était à leur tête ; le déſeſpoir & l'eſ-
pérance ſe peignaient tour à tour dans ſes regards.
A la vue de ſon amant, la tendre Céphiſe frémit
de crainte ; les Muſes peuvent le punir de ſa
témérité. « Que fais-tu, lui dit-elle ? Ah ! fuis
» de ces lieux que la Divinité a conſacrés. Je
» tremble pour tes jours.... » Elle tombe dans
les bras de Zamis. Déjà il avait lu ſon bonheur
dans les yeux mourans de la jeune vierge ; il ſe
préparait à l'enlever, & tous les Bergers preſ-
aient leurs amantes de les ſuivre, lorſque l'oi-
eau des Muſes paraiſſant au haut du chêne,

C

pénetre l'assemblée d'une frayeur religieuse. Les vierges timides se croyant coupables, & craignant la vengeance des Muses, tombent évanouies aux pieds des Bergers qui se sont arrêtés à la vue de l'oiseau, par l'ordre de Charite.

Zamis pose la mourante Céphise sur le tombeau de Coréfie ; & semblable au lion furieux qui craint pour ses jeunes lionceaux, il reste auprès d'elle, résolu de la défendre jusqu'au dernier soupir.

Cependant l'oiseau sacré, après avoir volé plusieurs fois autour du chêne, prend la couronne de lierre dans son bec. Plusieurs vierges, revenues à elles, esperent n'en plus être dignes, & tremblaient encore de la recevoir, lorsque tout à coup l'oiseau s'éleva dans les airs, & disparut.

Comme on voit les agneaux timides qui ont fui devant le loup féroce, se rassembler sous la houlette du Pasteur, ainsi les jeunes vierges entourent le poëte divin & le consultent sur ce qu'il faut faire pour appaiser les Muses.

Charite les raffurait, en leur difant que les Mufes leur pardonneraient une faute involontaire, quand une colombe d'une blancheur éclatante parut dans les airs, tenant dans fon bec une couronne de rofes. C'était Periftère, qui, pour obéir à Vénus, pofa fur la tête de Céphife la couronne de l'Amour.

Alors le bois retentit de mille chants d'allégreffe ; & Charite ayant appris aux filles de Nicée que Vénus faifait leur bonheur, elles promirent que la fête ferait célébrée à l'avenir pour témoigner leur reconnoiffance à la Reine de Cythere. On grava depuis le triomphe de Céphife & de Zamis fur le tombeau de Coréfie ; & les tendres amans s'étant jurés une foi mutuelle en préfence de Charite, ils fe difperferent dans les bois par des routes différentes qui conduifaient à des bofquets folitaires, où le jour les furprit encore.

Charite refté feul, apperçoit Vénus qui remontait dans les cieux, affife fur un nuage avec fon fils & fa colombe. Il lui tend les bras en ſoupirant. Mais la Déeſſe le regardant avec un doux ſourire , lui jette une plume des ailes de l'amour , & diſparoît.

Fin du Chant ſecond

Vous nous avez donné tant de charmes que Vénus a

voulu nous avoir sans cesse auprès d'elle.

CHANT III.

LA jeune Aurore évaillait à peine la nature ; assise sur son char de vermeil, elle faisait fuir les Ombres timides, & repandait sur la terre sa rosée bienfaisante ; les oiseaux, sous l'aile de leur mere, formaient un gazouillement aussi doux que les premiers rayons de la lumiere ; les jeunes Faunes avaient déjà tendu leurs filets sous les feuillages trompeurs pour attraper les Fauvettes craintives ; c'est ainsi qu'Amour cache sous les fleurs le piege qu'il tend à la naïve Bergere.

Charite sortant d'un songe délicieux où il avait cru voir la belle Vénus, reprend sa lyre, & assis sous un ormeau, il exprime ainsi son tendre tourment :

» Si l'absence est cruelle à un cœur qui, blessé » par l'Amour, n'osant découvrir ses feux, es-» pere du moins qu'ils seront partagés, quelle » doit être plus cruelle encore à un amant qui

» a lu son bonheur dans les yeux de celle qu'il
» adore ; ce souvenir augmente son martyre.
» Semblable à une tendre fleur privée des cares-
» ses de Zéphir , il languit & seche de douleur.
» Hélas ! les Dieux ne voudront-ils par retenir
» Vénus ; & quelqu'un d'eux ne me sera-t-il pas
» préféré ? Car je ne puis croire qu'un simple
» Berger puisse fixer la plus aimable des immor-
» telles . . . , . . O ciel ! je frémis . . . . . . Quelle
» crainte ! . . . . Déjà l'Aurore déploie ses voiles
» argentés , & Vénus ne parait point ! ô , Déesse !
» si tu tarde encore , je vais succomber à l'ex-
» cès de mes ennuis ».

Le Berger , accablé, laisse tomber sa lyre sur
le gazon ; il reste immobile , plongé dans une
profonde rêverie , dont il est retiré par le bruit
que faisait une colombe , en fuyant parmi les
branches un ramier dont elle était poursuivie ;
bientôt elle devient le prix du vainqueur, auquel
elle semble témoigner par ses caresses & par le battement de ses ailes qu'elle lui pardonne. Ce spec-
tacle intéresse Charite ; mais quel est son ravisse-

ment en reconnaiffant Périftere qui, fe dérobant au tendre oifeau qui la pourfuit encore, invite Charite à la fuivre en voltigeant vers le bois !

La Reine de Cythere avait obtenu de Jupiter le pouvoir d'animer les trois ftatues du temple de Nicée. Eh ! que peut-on refufer à la beauté ? Le maître des Dieux, charmé du récit de Vénus, & toujours jaloux de lui plaire, avait même ajouté que les Graces feraient immortelles, & que leur influence embellirait la nature.

Vénus, tranfportée de joie, revint bientôt fur la terre ; & avant que Charite commençât fes amoureufes plaintes, elle était déjà dans le temple des Graces, fuivie de toute fa cour. C'était elle qui avait envoyé Périftere vers fon amant, impatiente de le revoir & de jouir de fon étonnement.

Charite en traverfant le bois, eft d'abord furpris du changement qu'il y remarque ; il l'attribue à la Reine des Amours. » Que n'embel- » lirait-elle pas, dit-il ? Tout éprouve ici le » charme de fa préfence enchantereffe ; ces allées » tortueufes & inégales où un fable aride laiffait

» voir les traces des brebis légeres , font actuel-
» lement tapiffées du plus beau gazon ; les bran-
» ches amoureufement enlacées forment les plus
» agréables berceaux ; la verdure brille d'un nou-
» vel éclat ; le ramage des oifeaux eft plus mélo-
» dieux ; les ruiffeaux roulent leurs ondes avec
» un nouveau charme. Mais quel autre prodige »,
continue Charite , en appercevant une troupe
de jeunes filles qui danfaient fur la peloufe au
fon d'un inftrument ruftique ! « Ces fimples Ber-
» geres que j'ai vu mille fois conduire leurs trou-
» peaux dans ces bois , me paraiffent embellies ;
» leurs traits font plus animés ; leurs tailles plus
» élégantes ; leurs cheveux retrouffés avec des
» fleurs , leurs rubans , leurs bouquets , tout a
» pris une nouvelle forme , & tout contribue à
» les rendres plus aimables. Comme elles fuivent
» la cadence ! quelle précifion ! quelle légereté !..
» & quelle chaîne raviffante lorfque leurs bras
» arrondis s'entrelacent les uns dans les autres ! »

En s'eloignant des Bergeres , Charite s'apperçoit qu'il approche de la colline fur laquelle eft

le temple des Graces ; mais c'eſt en vain qu'il
cherche l'allée ſombre qui y conduiſait, elle eſt
changée en un berceau de mirthes & de jaſmin ;
deux orangers forment le portique de ce berceau charmant. La belle colombe s'étant repoſée
ſur leurs branches parfumées, continue de volti-
ger devant le Berger qui arrive bientôt au pied
de la colline. Là, des marches de gazon, bor-
dées de violettes, pratiquées ſur la pente, le
conduiſent au temple des Graces ; mais que ce
temple eſt changé depuis qu'elles reſpirent !

Deux rangs de colonnes du plus beau marbre
blanc, entourées de guirlandes de roſes, forment
une galerie ovale ; entre chacune des colonnes eſt
un petit baſſin, dans lequel des canaux ſoutereins
font jaillir des eaux lympides & parfumées.

Au milieu du ceintre qui étant découvert
laiſſe voir un ciel ſans nuage, était la Reine
de Cythere ſur un trône de roſes, que les
Amours avaient effeuillées exprès ; une ſeule
étoile ornait ſes blonds cheveux : jamais elle n'a-
vait paru ſi belle. Les Graces qu'elle venait d'a-

nimer avaient perfectionné ſes charmes ; on les
voyait auprès de la Déeſſe s'empreſſer par leurs
careſſes de lui témoigner leur reconnoiſſance ;
elles étaient nues , parées de leurs guirlandes
dont elles entrelaçaient Vénus , qui recevait leur
hommage avec complaiſance. L'amour, aſſis ſur
les genoux de ſa mere, avait oublié Pſiché pour
adorer les Graces. Les Jeux, les Ris , les plaiſirs
accouraient en foule ; Flore, ſuivie de Zéphir , &
parée des plus belles fleurs du printems , ornait
la cour de Vénus ; & la jeune Hébé la ſuivait
pour verſer le nectar ; les cygnes immortels ſe
jouaient dans les baſſins, tandis que les colombes
ſe repoſaient parmi des guirlandes de roſes qui
ornaient les colonnes du temple.

Charite approche ; la foule céleſte lui fait
place. Qui pourrait peindre ſon raviſſement à
l'aſpect de la Reine des Amours , qui déjà a
quitté ſon trône pour voler au devant de ſon
amant ! « Mes filles , dit-elles aux Graces , voici
» votre pere ; c'eſt à ſon imagination brillante
» que vous devez vos attraits ; & c'eſt au tendre

penchant qu'il m'infpire que vous devez le
jour ». Elle dit , & la voluptueufe Euphrofine
'approche de Charite. « Oui, vous êtes mon
pere », lui dit-elle en le regardant tendrement ;
« eh ! quel autre que vous auroit imaginé nos
charmes » ? L'agréable Thalie au vifage riant
fuit bientôt Euphrofine : « Nous ferons fans ceffe
auprès de vous., dit-elle au Berger ; nous con-
duirons votre plume ; & l'on connoîtra à vos
écrits que vous êtes le pere des Graces ».

Charite , immobile d'admiration , ne peut ex-
primer ce qu'il éprouve ; quoiqu'il recon-
naiffe fon ouvrage dans les Graces, il ne peut
'empêcher d'admirer , & les traits nobles &
tendres d'Euphrofine , & l'enjoument repandu
fur le vifage de Thalie. Il les regarde l'une après
'autre , & il ne fait laquelle préférer. Il les regarde enfemble , & fon embarras augmente......
Telle on a vu depuis une Reine charmante ,
réuniffant les attraits des Graces, laiffer flotter
es cœurs qui l'adorent entre l'admiration de fes
charmes & celle de fes vertus.

Cependant la plus jeune des Graces, la timide Aglaé, se cachait derriere le trône de Vénus. Ses sœurs la prenant par la main, l'engagent à paraître, & la conduisent à Charite, malgré sa résistance. La présence du Berger lui fait baisser ses beaux yeux, & colore ses joues d'un vermillon qui forme le plus agréable mêlange avec ses longues paupieres noires. Charité la prenant par la main, « ô vous ! lui dit-il, dont l'ingénuité ne » pourrait me tromper, apprenez-moi par quel » prodige vous respirez parmi les Immortelles. » Hélas » ! repond Aglaé en rougissant encore », » vous nous avez donné tant de charmes que » Vénus a voulu nous avoir sans cesse auprès » d'elle, & nous a choisies pour être ses com- » pagnes ». L'heureux Berger tombe aux genoux de son amante ; & la Déesse met le comble à ses bienfaits en lui proposant de la suivre à Cythere.

« Je t'aime avec excès, lui dit-elle ; je ne » m'éloigne de toi qu'avec une peine extrême ; » viens dans l'isle de Cythere ; l'encens que j'y » reçois me sera plus agréable en le partagean

» avec toi. Quitte le temple d'Apollon, viens dans
» celui de Vénus ; viens régner sur les Amours,
» sur leur Reine, & sur tous les cœurs ».

Charite, enivré des faveurs de Vénus, oublie
le ferment qui le lie aux autels d'Apollon : il
promet de la suivre, de ne vivre que pour elle ;
il le promet en présence de l'Amour qui applaudit au choix de sa mere.

Tandis que Charite reçoit les caresses de
la troupe immortelle, la jeune Céphise & ses
compagnes parcouraient le bois, dont elles
admiraient le changement sans en savoir la cause ;
bientôt elles s'égarent dans des routes de fleurs
qui les conduisent au pied de la colline, où elles
retrouvent leurs Bergers qui allaient rendre
hommage à Vénus.

Chacune suit son vainqueur, & la troupe
amoureuse arrive au temple.

Céphise marche la premiere, appuyée sur le
tendre Zamis ; elle a encore sur la tête la couronne que l'Amour lui a donnée. Zoé les suit,
accompagnée du fidele Adalis.

La brune Chloé, qui aime le bel Hippias ; la

timide Nais, qui n'ofe encore regarder Egéris ;
quoiqu'il foit devenu fon époux ; la légere Zima
qui a été vaincue à la courfe par le chaffeur
Altamor, & une infinité d'autres jeunes gens
dont la beauté était auffi variée que les couleurs
des pierres précieufes, fe raffemblent dans le temple, & font témoins du triomphe de Charite.

Les Graces font briller la beauté ; & tel eft
leur pouvoir de l'embellir encore, dès qu'elles
parurent parmi les compagnes de Céphife, un
charme jufqu'alors inconnu augmenta leurs attraits ; leurs amans les regardaient avec une furprife mêlée de plaifir ; & de tendres foupirs
furent les hommages qu'ils offrirent à la Reine
des Amours.

Cependant Charite, aux genoux de Vénus,
la preffe de fe dérober à l'éclat de fa cour. Auffi-
tôt un nuage d'or & d'azur environnant le trône,
les cache à tous les yeux : alors un concert divin
fe fait entendre ; les colombes y mêlent leurs
roucoulemens. Mais, tandis qu'Amour préfide
au bonheur de fa mere, Zéphir, le volage Zéphir,
faifait le tourment de la tendre Flore.

Bientôt il l'avait abandonnée pour fuivre les Graces : tantôt il fe jouait parmi les beaux cheveux de Thalie ; tantôt il femblait fe repofer fur le fein d'Euphrofine. Elle voudrait le fixer , mais il lui échappe ; & vole auprès d'Aglaé qui jouait avec la jeune Naïs. Aglaé rougit en voyant Zéphir ; il fe rit de fon embarras , & dérobe un baifer fur fes levres enfantines. Naïs, pour venger Aglaé , faifit Zéphir par les ailes. Envain il demande grace , déjà elle tient le ruban qui va le rendre captif ; mais une abeille piquant fa main , la force d'abandonner Zéphir. C'était Flore qui veillait à la liberté de fon infidele. Il en fut attendri , & vola aux pieds de fon amante dont il obtint fon pardon.

Naïs fouffre une douleur extrême de la picquûre de l'abeille. Elle gémit & verfe des pleurs. Aglaé les effuie d'une main careffante , & la condufait au temple pour fe plaindre à Vénus , lorfque la Déeffe parut appuyée fur Charite , fuivie de toute fa cour. Senfible aux larmes de Naïs : « mon fils » dit-elle à l'Amour » , il faut guérir » cette bleffure ». L'Amour appercevant Egéris , l'amene à la belle affligée, & le baiſer de ſon amant lui fait oublier ſa douleur.

Cependant les Heures, filles du Soleil, paroiſ-ſaient dans les airs aſſiſes ſur le nuage argenté qui devoit conduire Vénus dans l'Olympe. « Je » vais te quitter encore, » dit-elle à ſon Berger ; « les Dieux ſont impatiens de connaître les » Graces. J'ai promis à Jupiter de les lui amener » aujourd'hui ; mais bientôt nous ſerons réunis, » car je veux te rendre immortel ».

Elle dit, & le nuage s'étant arrêté, elle s'y place avec les Graces, après avoir tendrement regardé Charite. Bientôt le nuage s'éleve vers les cieux. L'Amour & Zéphir voltigent autour avec les Jeux & les Ris. Vénus jette encore des regards languiſſans vers la terre : les Nicéens élevent leurs mains & contemplent ce ſpectacle avec raviſſement. Mais, déjà il ne reſte plus qu'une odeur d'ambroiſie dont la jeune Hebée a parfumé les airs.

Fin du Chant troiſiéme.

CHANT IV.

Nous nous mêlons parmis les Satires et chantons nos
Thirses contre leurs Flambeaux.

CHANT IV.

La Lune commençait à répandre sa douce lumiere sur la nature ; mille étoiles brillaient au travers des feuillages, & répétaient leurs feux étincelans dans le crystal des ruisseaux ; quelques Rossignols, & les Échos, amoureux répondaient tour à tour à la voix de Charite, qui célébrait les charmes de Vénus, lorsqu'un bruit semblable à celui d'un faon léger qui franchit les buissons, interrompit ses chants. Il apperçoit à la clarté de la lune un Satyre aux pieds de chevre, qui fuyait dans le bois ; tenant entre ses bras une jeune fille qu'il semblait enlever. Le Berger surpris suit aussi-tôt les traces du Satyre, qui se croyant en sûreté, s'était assis sur le gazon au pied d'un arbre.

Charite le considérant sans en être apperçu, connut à la parure de la jeune fille que c'était

D

une Bacchante. Elle était vêtue de peau de tigre ;
& ses cheveux épars n'étaient ornés que d'une
couronne de pampre : comme elle était sans mouvement, & que le Satyre paraissait inquiet, Charite attendri s'approche ; mais, à sa vue, le Satyre voulait fuir encore. Le Berger saisissant une
de ses cornes, lui dit : « Arrête, & ne crains
» rien, je ne viens pas pour te nuire ». Ces paroles prononcées avec douceur, rassurent le
jeune fugitif. » Eh bien »! dit-il au Berger avec
la plus vive douleur « aidez-moi donc à rappel-
» ler Nobé à la vie ». En même temps il la pose
sur le gazon, & Charite ramassant quelques coquilles, va puiser de l'eau dans une fontaine
voisine.

A son retour, il trouve le Satyre qui s'effor-
çait par les plus tendres caresses de faire revenir
la jeune fille. « Nobé » lui disait-il, en mouillant
son sein de larmes, « si tu ne me réponds pas, je
» vais mourir ici avec toi ! . . . . . Si vous sa-
» viez combien je l'aime » dit-il ensuite au Berger ; « ah ! si vous me la rendez, je vous devrai

» tout mon bonheur ». La fraîcheur de l'eau que
Charite jette fur le vifage de Nobé rappelle
fes efprits. Elle jette d'abord un profond foupir; puis ouvrant fes beaux yeux, « où fuis-
» je ? » dit-elle, en regardant le Satyre avec
frayeur. « O Ciel ! Marcas, m'avez-vous arrachée
» à ma famille ? Où font mes fœurs, mes com-
« pagnes », continue-t-elle, avec un torrent de
larmes ? « Cruel ! faut-il donc te facrifier tout ce
» ce qui m'eft cher ? . . . . Mais quel eft ce Ber-
» ger dont l'air eft fi doux ? Je l'ignore ainfi que
» toi », répond Marcas, « mais il m'a paru fort
» touché de ton évanouiffement & de ma dou-
» leur. Qui que vous foyez, » s'écrie Nobé, en
joignant les mains vers Charite, « ne m'abandon-
» nez pas feule dans ce bois avec Marcas. Il fait
» que je l'aime, & il n'a que trop profité de ma
» faibleffe, en m'amenant malgré moi dans ces
» lieux inconnus. — Raffurez-vous, belle Nobé »,
dit Charite, « vous n'êtes point dans un lieu
» fauvage. Cette ifle eft confacrée à Apollon : il
» me favorife, & Vénus m'a comblé de bienfaits.

» Je jure donc par les Divinités que je révere,
» de vous défendre de tous périls; mais daignez
» m'apprendre quel pays vous a donné le jour,
» & comment vous êtes venue ici ». Nóbé reti-
rant fa main, que Marcas couvrait de baifers,
parle ainfi.

« Je ne vous dirai point, ô favori d'Apollon,
» comment je me trouve dans votre pays, car je
» l'ignore moi-même. Ce que je peux vous ap-
» prendre, c'eft que je fuis née dans la petite ifle
» d'Acrie, confacrée à Bacchus, que ce Dieu
» honore fouvent de fa préfence. J'avais été té-
» moin de fes fêtes pendant mon enfance ; mais
» trop jeune pour y participer, j'attendais avec
» impatience le temps où il me ferait permis de
» prendre part aux Orgies des Bacchantes. Ayant
» eu trois luftres accomplis au commencement
» du printemps, & ma main ayant été promife
» au guerrier Corofphore, j'obtins la permiffion
» d'être de la premiere fête de Bacchus.

» J'étais à me réjouir fur le bord de la mer
» avec mes compagnes, lorfque le Grand-Prêtre

» Bulis vint nous annoncer l'arrivée de ce Dieu.
» Auffitôt une fureur divine nous tranfporte,
» nous arrachons nos robes de lin, nous nous
» couvrons de peaux de tigres ; le Grand-Prêtre
» nous diftribue des couronnes & des thirfes
» ornés de pampres. Nous courons au-devant
» du Dieu qui nous anime. Il paraît bientôt dans
» la plaine, affis fur un char traîné par des pan-
» theres ; il ne m'avait jamais paru fi beau ; fa
» figure gaie & fes couleurs vermeilles offraient
» tous les agrémens de la jeuneffe. Il tenait un
» thirfe d'une hauteur extrême, une guirlande
» de pampre l'enchaînait à la belle Erigone qui
» était placée auprès de lui, & qu'il regardait
» amoureufement. Une foule de Satyres (parmi
» lefquels je diftinguai Marcas ,) entouraient le
» char en danfant, & jouant de divers inftrumens ;
» d'autres portant des flambeaux, en faifaient
» briller les feux dans les airs. Le vieux Sylene
» courbé d'ivreffe, fuivait de loin affis fur fa
» pareffeufe monture. La préfence du Dieu nous
» fait éprouver de nouveaux tranfports. Nous

» nous mêlons parmi les Satyres, nous chan-
» geons nos thirſes contre leurs flambeaux. Hé-
» las! Marcas avait ſans doute emprunté celui
» de l'Amour; dès qu'il me l'eut donné, je ſou-
» pirai, moi qui n'avait jamais connu les ſou-
» pirs. Enfin nous arrivons au Temple, éle-
» vant juſqu'aux Cieux le triomphe de Bacchus &
» d'Erigone. Ils ſe placent l'un & l'autre ſur un
» trône de gazon, où une treille chargée du plus
» beau raiſin formait le dais le plus agréable ;
» mille ruiſſeaux de vin coulaient dans le Tem-
» ple, & formaient des caſcades ſur les degrés de
» marbre blanc.

» Bientôt le vieux Sylene, qui ſemble ſor-
» tir d'un profond ſommeil, anime les Sa-
» tyres ; ils s'aſſemblent autour de lui, & boi-
» vent à l'envi, tandis que les Bacchantes rece-
» vaient les careſſes d'Erigone. Sachant que j'al-
» lais recevoir les chaînes de l'Hymen, elle me
» demanda ſi j'aimais Coroſphore. Je répondis
» ingénument que je l'avais toujours redouté, &
» que je n'acceptais ſa main que pour obéir à ma

» mere. Erigone voulut favoir si j'en aimais un

» autre. je ne fais ce que je répondis, mais je

» rougis extrêmement, car les yeux de Marcas

» m'avaient déjà appris qu'il m'aimait.

   » Cependant les Satyres cédant à l'ivreffe, s'en-

» dormaient fur les tonnes d'où découlait le jus

» divin. Le feul Marcas avait confervé fa raifon

» en célébrant Bacchus ; il me fuivit lorfque je

» courais dans les jardins du Temple. Nobé, me

» dit-il, je vais être heureux pendant la fête,

» parce que je vous verrai tous les jours : mais

» lorfque nous quitterons cette ifle, qui me con-

» folera de votre abfence? car je le fens, Nobé,

» je vous aime comme Bacchus aime Erigone.

» Gardez-vous bien, lui dis-je, de nourrir cet

» amour : je ne dois pas l'écouter. Eh quoi !

» Nobé, fi vous m'aimiez auffi, nous ferions heu-

» reux. Les bois font l'afyle des Amáns. Venez

» avec moi ; une grotte avec ce que l'on aime eft

» préférable aux Temples des Dieux. —— Hélas !

» vous ignorez que je fuis promife à Corof-

» phore. ... & mes larmes trahirent mon cœur,

» car j'aimais Marcas, & il le vit bien. Je m'é-
» loignai fans vouloir l'entendre davantage ; &
» depuis ce jour j'évitai d'être feule avec lui,
» mais il me fuivait fans ceffe.

　» Enfin le tems de la fête expirait, & je voyais
» arriver avec une douleur extrême l'inftant qui
» allait nous féparer. Ma tendreffe pour ma mere
» m'empêchait de fuivre Marcas, Corofphore
» que je haïffais mortellement, allait devenir mon
» époux ; ces triftes idées calmant les tranfports
» de Bacchus, me rendirent fort rêveufe. J'allai
» me promener fur le bord d'un lac qui borne
» notre ifle du côté du Temple ; le foleil venait
» de fe coucher, & fon lever devait terminer la
» fête. Je commençais à me livrer à la douleur,
» lorfque je vis paraître Marcas. Le défefpoir fe
» peignait dans fes yeux. Je viens te dire adieu,
» ingrate Nobé, me dit-il ; car le jour qui va me
» féparer de toi me donnera la mort. Eh ! com-
» ment pourrai-je vivre ? Je t'adore, & tu me
» hais. Heureux Corofphore ! tu vas donc pof-
» féder ce cœur que l'amour femblait m'avoir
» deftiné ! Non, Marcas, lui dis-je, je ne

» ferai jamais à Corofphore. Mais ma mere ne
» ne voudra point m'unir à toi, ainſi tu ne feras
» pas le feul à plaindre. Vas, je ne t'oublierai ja-
» mais, Tu m'aimes donc, Nobé, s'écria-t-il,
» avec tranſport? Oui, tu m'aimes; c'eſt la ti-
« midité qui combat tes ſentimens; eh bien ! je
» dois en triompher. En diſant ces mots, il délie
» ma ceinture, & me noüant fortement à lui
» malgré mes cris & mes efforts, il ſe jette dans
» le lac. . . . . . La frayeur m'ayant fait perdre
» l'uſage de mes ſens, j'ignore comment nous
» ſommes échappés du ſein des ondes, & ſi Mar-
» cas avait deſſein de finir ſa vie & la mienne ».
Ici Nobé ſe tut & ſoupira. « Cruelle, » dit Marcas, « peux-tu croire que j'aie eu l'horrible pen-
» ſée de finir tes jours, & d'en couper le fil à la
» fleur de ton âge? Ceſſe, Nobé, d'être injuſte, &
» pardonne à ton malheureux Amant; je connoiſ-
» fais ce lac, je ſavais que l'iſle de Nicée n'était
» pas éloignée, & ſûr de mes forces, je l'étais
» auſſi de nous ſauver à la nage. Je vis que l'A-
» mour t'avait bleſſée du même trait que moi;
» j'allais te perdre; l'occaſion était favorable, j'en

» ai profité pour nous rendre heureux ; ne vois
» dans ton ravisseur que l'Amant le plus tendre ; ...
» seche tes pleurs, Nobé, qui me déchirent, ou
» plutôt souffre que mes baisers en effacent les
» traces. . . . . Tu refuses mes caresses ! . . . .
» Tu veux donc ma mort ; que peux-tu craindre
» avec moi ? Je te choisirai dans les bois un antre
» bien situé. Je l'ornerai de brillantes aîles de
» papillon, de jolis coquillages nous serviront
» de vases ; tu auras des oiseaux & des fleurs ; tu
» me suivras à la chasse ; nous vivrons de fruits
» & de laitage ; & aux jours de fêtes, nous vien-
» drons parmi les peuples pour célébrer les
» Dieux. Ma Nobé me sera toujours chere. Je le
» jure devant vous, ô favori d'Apollon ! » Je re-
» çois votre serment, dit Charite ; mais pourquoi
» ne pas rester dans cette isle ? vous y trouverez,
» belle Nobé, des cœurs tendres comme celui de
» Marcas : l'Amour vient d'y étendre son empire,
» & d'élever un trône à sa mere. Je vous présen-
» terai moi-même à la Déesse, car je suis son
» Amant heureux. Daignez donc la prier », s'é-
cria le Satyre « d'attendrir le cœur de Nobé. . . . .

» Il n'en eft plus befoin, lui dit-elle vivement,
» je cede à la tendreffe. Il eft temps de laiffer
» éclater la mienne, car je fens que je t'adore :
» en vain, Marcas, je voudrais te le cacher en-
» core . . . . Puiffante Vénus, reçois mon hom-
» mage, & le ferment que je fais à mon tour de
» ne vivre que pour Marcas ».

Comme l'on voit l'aurore d'un beau jour fuc-
céder à une nuit obfcure, ainfi la douce efpérance rentra dans le cœur de Marcas. Il ne fonge
plus à fuir. Nobé l'aime; elle confent à s'unir à
lui; tous les lieux lui font égaux, pourvu qu'il
foit avec elle. Cependant il invite le Berger a goûter l'excellent vin de la fête de Bacchus qu'il portait dans une outre à fa ceinture. L'effet du jus
divin faifant éprouver à Charite un doux tranf-
port, il voulut célébrer le Dieu qui l'animait ; &
prenant fa lyre enchantereffe, fes chants ache-
verent d'attendrir Nobé.

« Aimable Bacchus, » difait-il; « Dieu charmant,
» qui pourrait te réfifter ! Tu partages avec l'A-
» mour l'empire des cœurs. Combien ta liqueur
» vermeille lui a épargné de fleches ! Ton nectar le

» fert auffi bien que fes armes ; & lorfque la vieil-
» leffe glace nos fens, tu les ranimes, & nous fais
» encore fourire à l'amour. Pere de la faillie &
» de la gaîté, tu chaffes la trifteffe & l'inquiétude.
» Oui, il faut jouir de tes bienfaits, & faifir l'inf-
» tant du plaifir. Ne perdez donc pas de temps,
» jeunes Amans que Bacchus excite & que l'A-
» mour favorife ; couronnez-vousde fleurs & de
» pampres : c'eft Bacchus feul avec l'Amour qui
» peuvent vousr endre heureux ».

Ainfi chantait Charite, & Nobé lui verfait à
boire : mais une douce ivreffe fe répandant fur
fes fens, en vain il voulut chanter encore, déjà
il avait fermé fes paupieres : Nobé qui le regardait en fouriant, effayait de le rappeller ; mais
bientôt un profond fommeil le dérobe à lui-
même.

A peine le Berger fut endormi, que l'Amour con-
duifit Marcas & Nobé dans le Temple des Graces,
qui devint pour eux le Temple des Plaifirs.

Fin du quatrieme Chant.

Les tendres Nicéenes la regardant avec douceur n'osent
la troubler.

CHANT V.

LE Soleil était au milieu de fa carriere ; fes rayons brûlans femblaient enflammer les Cieux ; le Voyageur altéré fe détournait de fon chemin pour chercher quelque fource rafraîchiffante ; les Pafteurs conduifaient leurs troupeaux vers les forêts, pour y jouir de l'ombre & des zéphirs ; le moiffonneur quittant fon champ brûlant , fuyait fous les rochers pour fe garantir des ardeurs du midi ; & des Nymphes enfantines bravaient la chaleur en fe jouant dans les fontaines ombragées de faules couronnés , lorfque Vénus revint dans l'ifle de Nicée, fuivie feulement de l'Amour & conduite par l'Efpérance. Dès qu'elle parut, Céphife & fes Compagnes allerent au-devant d'elle. La Déeffe leur demande Charite. « Nous ne l'avons » pas vu », dit Céphife; « mais une Bachante & » un Satyre que nous avons rencontrés dans les

» bofquets du Temple au lever de l'Aurore, nous
» ont affuré l'avoir laiffé endormi dans le bois ».
Alors Nobé & Marcas qui étoient confondus
dans la foule, s'approchent : « Déeffe, dit Nobé,
» le Berger que vous chériffez m'a fait efpérer
» que vous accepteriez nos hommages : permettez-
» moi d'aller lui annoncer votre retour. Je vous
» fuivrai », dit Vénus, « j'aime mieux le fur-
» prendre ». S'appuyant fur le bras de Nobé, elle
lui demande, en marchant, par quel hafard elle
fe trouvait dans fon Temple avec un Satyre.
Nobé raconta fon avanture en peu de mots. Vénus lui promit fes bienfaits.

Cependant toutes les Nicéennes fe répandent
dans le bois en appellant mille fois Charite ; l'é-
cho répondant à leurs voix, elles croient d'a-
bord que c'eft le Berger. Toutes s'empreffent à
le chercher, & chacune voudrait le trouver la
premiere.

Vénus, qui femble avoir emprunté les ailes
de fon fils, arrive au lieu où Nobé avait laiffé
Charite endormi, mais il n'y était plus. La Déeffe

inquiete, ordonne à fa Colombe de voler dans
les endroits les plus cachés, tandis qu'elle
court avec fa fuite vers le vallon où elle a
rencontré Charite la premiere fois, en faifant
retentir le bois du nom de fon Amant : mais
pourquoi eft-il fourd à cette voix fi chere ? Pourquoi ne répond-t-il pas à l'impatience de la tendre Vénus ? Hélas ! quelques bêtes fauvages l'ont-
elles dévoré pendant fon fommeil ; ou les Dieux
jaloux de fon bonheur l'auraient-ils privé du
jour ? Cette penfée accable Vénus. En entrant
dans la grotte où elle efpérait trouver fon Berger. Elle fe laiffe tomber fur ce lit de mouffe qui
a été le trône de fes plaifirs. O Amour ! Vénus
même n'eft donc pas exempte de tes alarmes ?

La légere Zima vient les augmenter encore :
elle a parcouru toute l'ifle, & aucun habitant
n'a vu Charite. La Colombe la fuit, & fes gémiffemens annoncent qu'elle n'a rien découvert.
Alors des plaintes ameres expriment la douleur
de Vénus ; elles ne font interrompues que par fes
pleurs ; & elle eft infenfible aux carreffes de fon

fils & des Nicéennes qui s'empreffent à la confoler;

« Faut-il donc te perdre, » difait-elle, « lorf-
» que je t'aime fi tendrement, & faut-il être im-
» mortelle après t'avoir perdu ! Charite, où es-
» tu ? Si tu es infidele, ne crains point de paraître
» à mes yeux ; je t'adorerai parjure, & je fens
» que je ne pourrais me venger. . . . Mais non,
» il ne m'a point trahie. Les Dieux jaloux s'op-
» pofent à fon bonheur ; & s'il refpire encore,
» il gémit ainfi que moi. J'ai vu l'étonnement des
» Dieux, lorfque les Graces ont paru dans l'O-
» lympe ; Jupiter lui-même n'a pu fe défendre
» d'un mouvement jaloux, & Apollon paraiffait
» irrité. . . . Quoi ! le préfent ineftimable des
» graces, que tu as fait à l'Univers, en excitant
» l'admiration, te rend-t-il la victime de
» l'Envie ? . . . Charite ! . . . cher Amant ! j'ai
» caufé ton malheur ! . . . Cette idée me dé-
» chire ». . . . Vénus n'en peut dire davantage,
laiffe tomber fa tête fur le fein de Céphife, &
garde un trifte filence ; les tendres Nicéennes la
regardent avec douleur, & Nobé difait tout bas

à

Marcas : « que je la plains ! c'eſt ainſi que je
» ferais, ſi je t'avois perdue ».

Cependant l'Amour aux genoux de ſa mere,
eſſaie de la rappeller à elle. Il couvre ſes mains
de baiſers ; il la conjure de ne pas abandonner
l'eſpoir, & parvient par ſes careſſes à le faire
renaître dans ſon ame. « Je veux bien t'en croire,
» mon fils, » lui dit-elle, « je vais te ſuivre, &
» parcourir moi-même cette iſle fatale ». En diſant ces mots, elle ſe leve & deſcend dans le
vallon en regardant de tous côtés. Bientôt elle
arrive dans la ville. A ſon aſpeƈt le peuple ſe
proſterne, ſaiſi de la terreur religieuſe qu'inſpire la préſence des Divinités. La Déeſſe, dans
ſon trouble, ne s'arrête point à leurs hommages.
les cheveux épars, tenant à la main un voile de
gaze dont elle eſſuie ſes beaux yeux baignés de
pleurs, elle court au Temple d'Apollon, elle
demande ſon Amant au peuple qui l'entoure, elle
le demande aux femmes, aux jeunes filles, aux
enfans ; leur ſilence exprime leur ſurpriſe. Vénus
retourne dans le bois, demande Charite aux

E

échos, aux ruiſſeaux, à la verdure, aux arbres
mêmes ; elle s'arrête aux lieux qu'elle a parcou-
rus avec lui. La vue de leurs chiffres enlaſſés &
gravés ſur des tendres écorces la rend d'abord
immobile ; mais bientôt elle baiſe amoureuſe-
ment les traces de ſes plaiſirs ; & ſe livrant au
déſeſpoir, « ah ! dit-elle, puiſque je l'ai perdu,
» je reſterai dans ces lieux, où je jouirai mieux
» du ſouvenir de ma tendreſſe. Pourquoi, Deſtin
» cruel, m'as-tu fait ſortir du ſein des ondes ?
» Pourquoi m'as-tu fait naître immortelle, puiſ-
» que je devais ſouffrir un ſi grand tourment?
» Heureux mille fois qui peut mourir lorſqu'il a
» perdu ce qu'il aime ! Infortunée Vénus, tu es
» privée de cette douceur ! . . . . . Mais pour-
» quoi reſterais-je dans cette iſle où tout aug-
» mente mes peines ? Oui, oui, je la fuirai cette
» iſle funeſte ; j'irai aux extrémités de la terre
» cacher mes pleurs & mon déſeſpoir : car je ne
» veux plus remonter dans l'Olympe, ſinon
» pour enlever les Graces, mes aimables Com-
» pagnes, les filles de Charite . . . . . Je l'ai donc

» perdu pour jamais, & fans favoir qui nous fé-
» pare. Hélas ! fi tu es defcendu dans le féjour des
» morts, viens, chere ombre, viens mêler ton
» murmure à mes foupirs : je fuis la caufe inno-
» cente qui t'a ravi le jour. . . . . Que dis-je !
» Ah ! tu refpires, fans doute ! quel Dieu affez
» barbare aurait pu trancher le cours d'une fi
» belle vie ! . . . horrible incertitude ! . . . Ah !
» lorfqu'Adonis me fut ravi , j'ai verfé mes
» pleurs fur fa bouche expirante. J'ai adouci fon
» fort de tout mon pouvoir, en le faifant renaî-
» tre dans une belle fleur. . . . . Eh ! l'aimai-je
» comme toi, Charite ! Non ; il n'avait pas tes
» charmes, & fur-tout tes talens enchanteurs ;
» & vous tendres habitantes de cette ifle, puif-
» fiez-vous être plus heureufes que moi ! . . . .
» Adieu, mes filles, confolez-vous , les Graces
» & l'Amour vous favoriferont toujours. . . .
» Adieu, c'eft affez vous faire partager ma dou-
» leur, je vais me livrer feule à celle qui m'ac-
» cable. . . . . Arrêtez, ma mere », lui dit l'A-
mour tout défolé, « quoi ! vous puniriez la

» Nature de l'injuſtice du fort en la privant de la
» beauté ! . . . . . O, ma tendre mere, allons
» conſulter le Deſtin ; ſoit que votre Amant ait
» perdu le jour, ou qu'une puiſſance ennemie
» l'éloigne de vous, il ſaura nous en inſtruire ».
L'Amour parle avec tant de douceur, que ſa
mere ne put refuſer de l'entendre. Elle le ſuivit
encore, & s'éleva dans les airs pour ſe rendre au
palais du Deſtin.

Il eſt parmi les nuages qui environnent l'O-
lympe un chemin obſcurci par les brouillards,
qui conduit à une haute montagne formée des
débris du chaos : au pied de cette montagne eſt
l'antre ſacré impénétrable aux mortels, où le
Deſtin rend ſes oracles. Vénus y arrive à la
clarté du flambeau de l'Amour ; bientôt elle apperçoit le Vieillard courbé ſous le poids des
ans, & appuyé ſur l'urne dans laquelle eſt le
ſort des mortels. A l'aſpect de l'Amour & de
la Beauté, le Deſtin leve ſa tête tremblante,
& leur ſourit. « Je ſai ce qui vous amene ici »,
dit-il à Vénus, « je vais vous ſatisfaire ». En

difant ces mots, il ouvre le livre des deftinées.

« Que vois-je ! s'écrie le Vieillard, « tendre
» Déeffe, un Arrêt irrévocable vous fépare de
» celui que vous aimez. Il a irrité les Dieux.
» Hélas ! ils le puniffent d'avoir fu les égaler «

Auffitôt il s'approche de fon urne, & prêtant
une oreille attentive au bruit fourd qui femble
en fortir, après quelque temps de filence, le
Deftin parle ainfi :

« Les Mufes irritées, ô Déeffe, de ce que l'A-
» mour a détruit la fête de Coréfie, ont juré de fe
» venger de Charite qui devait défendre leur
» culte. Appollon jaloux de fes talens, & des
» honneurs que vous lui prépariez, a craint
» qu'on ne lui élevât des autels ; & Charite
» ayant oublié le ferment qui le liait à fon
» Temple, le Dieu offenfé faifant éclater fon
» couroux, s'eft joint aux Mufes. Ils ont ordon-
» ne à Morphée de l'enchanter dans un antre in-
» connu. Morphée profitant du moment ou Cha-
» rite fe livrait aux tranfports de Bacchus, s'eft
» emparé de lui. Aidé des fonges légers, il l'a

» tranſporté dans un lieu qu'il ne m'eſt pas per-
» mis de découvrir : mais conſolez-vous , belle
« Vénus, celui dont l'imagination a fait naître
» les graces ne peut être oublié. Tel eſt le deſtin
» d'un poëte : ſa mémoire ſurvit à l'injuſtice,
» & brave les hommes & les Dieux même qui
» l'ont perſécuté. Le génie de Charite animera
» les vrais favoris d'Apollon ; on doutera ſou-
» vent entre eux quel eſt le Pere des Graces :
» Voltaire parlera leur langage ; & fera pencher
» la balance. Cependant les Graces reſteront à la
» ſuite de la Beauté : le Sort a décidé qu'elles en
» feraient les compagnes. Mais elles ne pouvaient
» naître que des charmes de la Poéſie & de la
» ſimple Nature ».

Fin du cinquieme & dernier Chant.

MARS,
ALLÉGORIE
PRÉSENTÉE
A MONSEIGNEUR
LE COMTE D'ARTOIS
A SON MARIAGE.

J'AI chanté les Amours, célébré les Graces & la Beauté; je me suis joué parmi les Bergeres; mes accens ont peint leurs attraits embellis par l'Innocence. Quel nouveau tranſport m'enflâmme! .... Eſt-ce Apollon qui m'inſpire? Non, je parcours le nouvel Olympe; &, parmi des beautés dont les charmes effaceraient Hébé & les

Graces, en admirant les fils de mon ROI, Mars
femble m'inviter à lui rendre hommage. Mufes,
je n'ai pas befoin de votre fecours, D'ARTOIS
fuffit pour animer mes chants.

Heureux jour, où le jeune Mars parut dans
l'Olympe ! -- Trois fois les Français ont vu ton
aurore : jufques-là les fureurs de Bellone avaient
ravagé la terre, le Carnage & la Difcorde ré-
gnaient au milieu des combats, & jamais la
douce Clémence n'était écoutée : femblables à
des bêtes féroces qui difputent une proie, les
hommes, ces êtres chéris de la Divinité, déci-
daient leurs intérêts en s'arrachant la vie, & af-
fouviffaient dans le fang la rage dont ils étaient
tranfportés. Jupiter voulut remédier aux fureurs
de la Guerre, fans ôter aux Mortels le droit de
fe défendre, & le noble defir d'affranchir les
dangers ; car le courage eft un don du Ciel qui
plaît aux Dieux & éleve les Mortels : des cœurs
courageux font toujours magnanimes. Français !
heureux fujets des BOURBONS, qui plus que vous
en eft affuré ? Le jeune Mars dérobé dès l'enfance

à tous les yeux, était dans les jardins secrets de l'Olympe. Là, il cultivait paisiblement les lauriers qui devaient un jour lui servir de couronne. La Paix & la Justice composaient sa Cour; la Gloire lui donnait des leçons que son cœur brûlait de suivre. « Qu'il est doux », lui disait-elle, « d'é-
» tendre ses conquêtes, de se faire connaître
» aux extrémités de la terre! Mais qu'il est plus
» doux encore de faire grace après la victoire!
» Heureux celui que nul danger n'arrête, qui sait
» tout vaincre pour se défendre & se venger;
« mais plus heureux mille fois le grand cœur qui
» punit ses ennemis à force de bienfaits » !

Jupiter choisit Mars pour renverser les autels de Bellone, & établir l'étendard de la Gloire sur les débris fumans du carnage. Qui pourrait ex-primer le ravissement des immortels à l'aspect du jeune Mars? La douceur d'Apollon, ni les bril-lantes ailes du fils de Vénus ne peuvent l'effacer. Le panache blanc qui orne son casque, releve en-core sa noble physionomie, & prête un nouveau charme à ses regards où brille une ardeur guer-

riere; tout en lui caufe la furprife & l'admiration, & fa cuiraffe & fon bouclier qu'il oppofe
aux traits de l'Amour, font aux yeux des Déeffes une parure plus piquante que les guirlandes
de fleurs & de pampre dont s'enchaînent Bacchus & le fils de Cypris. Cependant leur beauté ne féduit point le Dieu des armes ; il les regarde avec plaifir , & tout entier à la gloire, il
ne refpire que pour elle ; mais l'Amour , ce petit
guerrier, qui bravant la foudre a fait foupirer
le Dieu du tonnerre ; ce malin enfant qui a changé
la maffue d'Hercule en une quenouille aux pieds
d'Omphale , l'Amour lifait déjà dans les yeux
de Mars qu'il ferait fon vainqueur. A peine Mars
eft libre, qu'il defcend fur la terre. Là, choifif-
fant une troupe d'hommes belliqueux, il fe met
à leur tête : fa feule préfence calme les fureurs
de Bellone ; & tandis que la Paix regne parmi les
Mortels, Mars entretient leur valeur par des
exercices militaires : tantôt maniant un cheval
avec grace, il parcourt les rangs avec une majefté pleine de douceur ; de vieux foldats pleurent

de joie en recevant fes ordres, tandis que les jeunes gens s'efforcent d'attirer fes regards par leur
adreffe ; bientôt le fier courfier qui porte le Dieu,
s'anime au fon de la trompette, fes henniffemens
expriment fa joie. Il part...... l'éclair n'eft pas
plus prompte ; & Mars avec une noble audace
fe livre à fon impétueufe ardeur. C'eft ainfi que
l'on vit D'ARTOIS, ce jeune héros, entrer fous
les yeux d'un brave guerrier.(1) dans la carriere
de fes Ancêtres.

Cependant Amour attendoit le moment de
furprendre Mars ; ce Dieu employoit à des concerts divins les inftans qu'il déroboit aux armes.
Amour fe fert de ce charme enchanteur qui at-
tendrit l'ame. Eh ! qui réfifterait aux attraits puiffans d'une mélodieufe harmonie ! Mars devient
rêveur ; fes chevaux & fes armes ne lui fuffifent
plus : l'Amour s'applaudiffant de fon ouvrage,
fe hâte de l'achever.

Mars un jour s'étant endormi fous un mirthe ;

––––––––––––––––––––

(1) M. le Comte de ***.

trouve à son réveil les colombes de Vénus qui se
jouaient parmi ses armes ; il admire ces tendres
oiseaux. « Qu'ils font heureux ! » s'écrie Mars
qui se croyait seul. « Tu le seras comme eux »,
répond l'Amour qui n'était pas loin, (le petit
fripon s'était caché tout exprès pour voir l'effet
de son stratagême); & puisque Mars soupire, il
» accomplit le destin d'une jeune Mortelle qui
» doit participer au bonheur de la terre ».

LE BIENFAIT RENDU,

CONTE MORAL.

A Madame la Comtesse de C***.

LISE, jolie bergere de quinze ans, n'avait pas encore senti son cœur. Les fleurs & les oiseaux remplissaient tous ses desirs; & tandis qu'Annette & Lubin soupiraient à l'ombre d'un ormeau, ou qu'Hilas jouait de la flûte pour faire danser Corine, Lise suivait à la piste les jeunes rossignols pour découvrir leurs nids, afin de les porter dans la cabane de sa mere, où elle nourrissait des oiseaux de toutes especes qui étaient ses plus doux plaisirs.

Un jour Lise s'était fatiguée pour suivre une fauvette; & après bien des détours, elle avait enfin découvert son nid dans une touffé d'épines. Lise approche, & appercevant quatre petits déjà couverts de plumes, elle saute de joie en songeant au plaisir qu'elle aura à les montrer à ses com-

pagnes, qui, malgré leurs recherches, n'ont pû
en découvrir aucun depuis le retour du printems ; mais comme il eſt tard, Liſe ſonge encore
qu'il vaut mieux attendre au lendemain pour
enlever ſon tréſor, & permet à ces tendres oiſeaux de paſſer la nuit ſous l'aile de leur mere.

Cependant Liſe de retour à la cabane, ne peut
s'endormir. Le ſouvenir de ſes oiſeaux l'occupe.
» N'ai-je pas fait une folie, » diſait-elle, « de ne
» les avoir pas pris ſur le champ ? Qui ſait ſi une
» autre bergere ne les dénichera pas avant moi ?
» Ah ! j'en ferais inconſolable, jamais je n'en ai
» eu de ſi jolis ». Et puis elle ſe rappelle qu'ils
ſont déjà forts, & qu'ils pourront s'envoler avec
leur mere au retour de l'Aurore. Cette derniere
penſée l'inquiete trop. Le jour commençait à
peine à paraître, Liſe ſe leve. Un jupon court &
un leger corſet ſont mis à la hâte, un chapeau
de paille couvre ſa blonde chevelure, dont une
partie flotte ſur ſes épaules & l'autre eſt éparſe
ſur ſon front. En cet équipage, Liſe ſort de ſa
chaumiere, plus fraîche que les fleurs qu'elle foule

fur le gazon. Elle arrive bientôt à l'endroit où elle a découvert le nid, objet de fon impatience. En approchant de l'épine, le cœur lui bat. « Ah ! » difait-elle encore, « ils font pris ou envolés ». Un doux gazouillement fe fait entendre. « Ah ! » les voilà », s'écrie Life enchantée : « venez mes » chers petits oifeaux, je vous fervirai de mere ». En difant cela, elle détache le nid de l'épine, le met dans fon jupon qu'elle tient avec fes deux mains, &, plus légere que le vent, elle reprend le chemin de fa cabane. Mais l'ardeur de fa courfe la force de s'arrêter pour reprendre haleine ; car les fauvettes forties de leur nid s'échappant dans fa jupe, tous fes foins ne peuvent les retenir. Déjà l'une a fauté fur fon bras, l'autre fur fon épaule, une autre cherche un afyle fous le mouchoir qui couvre le fein de la jeune bergere qui eft dans le plus grand embarras ; car elle voudrait retenir tous fes oifeaux ; & bientôt perdant cette efpérance, elle voudrait au moins en fauver un, mais elle ne fait lequel préférer. Enfin elle en attrapa deux, & allait

continuer fon chemin , lorfque des cris plaintifs
fe firent entendre. Life en eft émue : elle fuit les
traces de la douleur. A peine a-t-elle fait quelques pas , qu'elle reconnoît la vieille Nhélé.
Cette bonne femme qui avait plus de foixante
printems, n'avait pour tout bien qu'une chevre
dont le lait fervait à la nourrir. La chevre venait
de gagner le bois voifin pour fuivre un chevreau,
& Nhélé qui craignait de la perdre, gémiffait de fe
voir privée du foutien de fes vieux ans. « Que je
» fuis malheureufe » ! difait elle. « J'avais le trou-
» peau le plus nombreux du hameau, un mal con-
» tagieux me l'enleva : je ne fauvai que cette che-
» vre , elle fuffifait pour me confoler. Elle me
» donnait fon lait ; elle était ma compagne
» fidelle. Le jour elle m'amufait par fes fauts &
» fes careffes, & le foir elle rentrait avec moi
» dans la chaumiere , elle fe couchait auprès de
» moi tandis que je filais à la lueur du feu , & la
» nuit elle me réchauffait de fon haleine. Que
» vais-je devenir ? qui me fournira du lait, car
» ma chevre va s'égarer dans le bois où elle a fui,

&

» & jamais je ne la reverrai ». Ici ſes pleurs re-
doublent. Mais Liſe qui l'a écoutée ſans en être
apperçue, lui dit en lui preſſant les mains : « Con-
» ſolez-vous, ma bonne mere, je vais courir
» après Jeannette que vous avez perdue ; vous
» ſavez qu'elle me connaît, je ſuis ſûre que je
» la ramenerai aiſément ». En diſant cela, Liſe
donne la liberté à ſes deux fauvettes, & ſans
attendre la réponſe de la vieille interdite de ſurpriſe & de plaiſir, elle s'enfonce dans le bois
avec autant d'ardeur qu'elle en avait une heure
auparavant à courir après ſes oiſeaux. Bientôt
Liſe apperçoit la chevre qui bondiſſait ſur une
pelouſe : Elle l'atteint après avoir franchi des
buiſſons épineux qui font mille bleſſures
à ſes pieds délicats. Mais Liſe qui eſt auſſi
bonne qu'elle eſt jolie, ne prend pas garde
à un mal qui contribue au bonheur des autres.
Comme elle n'a pas de lien pour s'aſſurer de la
chevre fugitive, elle noue un coin de ſon fichu
à l'une de ſes cornes, & prenant l'autre bout
dans ſa main, elle la ramene ainſi en triomphe

F

à la vieille Nhélé , qui fouhaite à Life autant d'années qu'à elle pour fa bonne action , & fe reproche d'être caufe qu'elle a perdu fes fauvettes. Life foupire à ce fouvenir ; mais le plaifir d'avoir fait du bien la confole.

A quelques tems de là , une grande nouvelle fe répand dans le hameau. Hilas , le plus riche & le plus beau des pafteurs , qui était allé dans un autre canton auprès du vieux Léarque pour s'inftruire dans l'art de la bergerie , va revenir ; & il doit choifir pour compagne celle des bergeres au-deffus de quinze ans , qui faura la plus jolie chanfon à fon retour.

Bientôt toutes les jeunes filles qui connaiffent le bel Hilas envient le bonheur de lui plaire. Pour Life , qui ne connoiffait ni l'Amour ni le Pafteur , elle continue à parcourir les buiffons , à dénicher les tourterelles & à cueillir des fleurs pour orner fon chapeau de paille : ainfi le jour arrive où Hilas doit couronner la bergere victorieufe , & Life n'a pas feulement fongé à fa chanfon.

Cependant on s'affemble dès le matin dans

une prairie émaillée, où l'on avoit élevé un trône de gazon. De jeunes bergers célebrent le retour d'Hilas fur des inftrumens ruftiques. Le beau
Pafteur tient dans fa main une couronne de rofes, les bergeres fe rangent toutes autour de lui,
parées comme aux jours de fêtes avec des guirlandes de fleurs nouvelles.

Life arrive la derniere, parce qua'yant apperçu un jeune pinçon qui volait à peine, elle l'a-
vait attrapé & mis en cage avant de fe rendre à
la prairie. Sa beauté excite l'envie de fes compagnes ; pour Life, elle s'occupe de fa guirlande
qui s'eft détachée en courant. Mais déjà le fignal
eft donné pour commencer les chants.

Philis célebre l'Amour & fes douceurs, une
autre le Printems, une troifieme les Plaifirs cham-
pêtres ; Thaïs chanta la Verdure & les Ruiffeaux,
& Etilie le repos de la Nuit. Toutes ces bergeres
qui chantent parfaitement, rendraient Hilas in-
certain fur le choix, fi la jeune Life ne l'avait
déjà fixé ; il ne peut ôter fes yeux de deffus elle.

Qu'elle eft belle ! » dit-il en lui-même, » quelle

» fraîcheur! quelle vivacité! comme elle a l'air
» naïf! Oh! puiffe cette bergere l'emporter
» fur fes compagnes par fes talents comme par
» fa beauté ».

Life n'eft pas plus tranquille: un coup d'œil
jetté par hafard fur Hilas, lui a fait abandonner
le foin de fa guirlande; elle le compare à fon
oifeau chéri, & le trouve bien plus charmant.
Amour, c'était l'inftant où le cœur de la fimple
bergere devait fe foumettre à tes loix. Mais,
pourquoi Life connaît-elle la douleur auffi-tôt
que l'Amour? Hélas! elle eft fans efpoir d'obtenir la couronne de rofe qui l'unirait à Hilas,
puifqu'elle n'a point fait de chanfon. Ah! comme elle regrette le tems donné à fes oifeaux &
à fes fleurs! Cependant toutes les bergeres ont
chanté, c'eft le tour de Life, Hilas brûle d'impatience de l'entendre. Mais quel eft fon étonnement, fon chagrin, lorfque Life avoue fon igno-
rance en effayant de cacher fes larmes!

Déjà les bergeres regarden la couronne comme un prix qui leur eft dû. Chacune croit l'ob-

tenir & s'applaudit en fecret. Hilas, les yeux
baiffés (il n'ofe plus les tourner vers Life), fe
repent de fa promeffe. Life foupire & cache fon
vifage; elle fe croyait à jamais malheureufe,
lorfque la vieille Nhélé qui avait vu couler fes
larmes, demanda à être écoutée. Cette bonne
mere confervait dans fon grand âge toute la gaieté de fa jeuneffe. Elle avoit entendu dire qu'Hilas choifirait une époufe parmi les bergeres au-
deffus de quinze ans ; mais comme il avait oublié d'expliquer jufqu'à quel âge on pourrait
prétendre à fon choix, Nhélé avait profité de
cela pour fe mettre fur les rangs : & fe doutant
bien que Life ne s'amuferait pas à faire une chanfon, elle voulait lui rendre fervice.

La propofition de Nhélé étonna d'abord; mais
comme elle était fort refpectée dans le hameau,
on n'ofa refufer de l'entendre. Quelle eft la
furprife des bergers? Le plaifir qui fe répand fur
le vifage de la vieille, femble avoir effacé les
rides de fon front. Elle chante, & fes accents
infpirés par le fentiment attendriffent tous les

cœurs ; elle célebre la bienfaifance d'un enfant
qui a facrifié des oifeaux chéris au repos d'une
vieille bergere qui avait perdu fa chevre.

Nhélé finiffait à peine, que tous les bergers
touchés de fon récit, la déclarerent victorieufe.
Hilas lui-même tranfporté d'admiration, malgré
fa douleur, s'approche de la bonne vieille : « Ma
» mere », lui dit-il, « la couronne eft à vous,
» & le don de ma main doit la fuivre. Si vous
» l'acceptez, vos vertus me feront oublier votre
» âge ». En difant ces mots, il regarda Life &
foupira.

Auffitôt la vieille s'achemine vers le trône de
gazon, appuyée fur Life qu'elle avait priée de
l'aider à marcher.

L'affemblée attendait avec impatience l'effet
de fes réfolutions, lorfque Nhélé prenant la couronne des mains d'Hilas qui voulait la lui pofer
fur la tête, s'écrie : « Ecoutez, bergers & ber-
» geres. Cette chanfon qui vous a attendris, c'eft
» Life qui l'a faite: ou plutôt Life eft l'enfant
» généreux qui a facrifié fes plaifirs pour courir

» après ma chevre que j'avais perdue. Sans elle,
» mes chers amis, j'aurais été obligée d'avoir re-
» cours au lait de vos troupeaux pour me nour-
» rir, & à leurs toifons pour filer mes vêtemens.
» Souffrez donc que je difpofe en faveur de Life
» de cette couronne à laquelle mon âge me dé-
» fendait d'afpirer ». En difant ces mots, Nhélé
met la main de Life dans celle d'Hilas ; &, pofant
la couronne de rofes fur la tête de la jolie bergere : » foyez unis «, leur dit-elle, & vous, ma
» Life, apprenez qu'un bienfait n'eft jamais
» perdu ».

AU FILET D'ELISE.

*Dédié à Madame DE * * *, Chanoineſſe.*

PETIT OUVRAGE, ſi délicatement travaillé, ſortez-vous des mains de la reine de Cithere? Non. La belle Vénus aime mieux traverſer les airs ſur ſon char traîné par des cygnes ou par des moineaux, que de s'occuper d'un fuſeau ou d'une aiguille. Vous êtes donc l'ouvrage des Graces, joli filet? Mais les Graces ne font que des guirlandes de fleurs dont elles s'entrelaſſent. Ainſi vous êtes l'ouvrage des jolies mains d'Eliſe. C'eſt vous qui ſembliez l'occuper le jour que m'étant caché près d'elle, je l'admirais ſans être apperçue. Que ne vous dois-je pas, joli filet, pour le plaiſir que vous m'avez cauſé? Je connaiſſais aux divers mouvemens de l'aiguille ce qui ſe paſſait dans l'ame d'Eliſe : car ſi l'aiguille étoit paſſée avec lenteur dans vos mailles déli- cates, je voyois Eliſe plongée dans de tendres rêveries auxquelles elle ſemblait s'arrêter avec plaifir. Ah ! difais-je alors, eft-ce moi qui les ai fait naître ? Mais bientôt la maille eft formée. Le bras d'Elife s'éleve doucement pour ferrer le nœud en tirant la foie. Ses doigts alongés fur l'aiguille offrent à mes regards enchantés toutes les graces de cette main dont je fuis idolâtre. O filet ! qui a pu alors m'empêcher de courir vers Elife ? qui a pu retenir fur mes levres ces baifers, qui en s'échappant auroient brifé tes nœuds ? Hélas ! la crainte de lui déplaire ou de diminuer mon bonheur, en troublant la rêvrie d'Elife. Cependant un mouvement plus rapide fuccede. Trois mailles font formées dans l'efpace de tems où une feule était à peine finie. Que de jolies foffettes, autant de niches d'amour, la légereté de fes doigts me fait appercevoir ! La vivacité des nouvelles penfées d'Elife fe peint fur fon ouvrage. La gaieté brille dans fes yeux. Filet ! Elife ne fonge plus à moi ; mais ce n'eft pas toi non plus qui l'occupe dans ce moment. Elife fe rappelle avec quelle fatisfaction ce vieillard qui a imploré fon fecours, aura diftribué à fes en-

fans le pain qu'il en a reçu. Elle fonge à cette
jeune Naïs qu'elle a réunie à fon amant. Peut-
être encore la tendre Elife a trouvé une nouvelle
occafion de fignaler la bonté de fon cœur. En
faut-il davantage pour l'occuper agréablement ?
C'eft ainfi, joli filet, que tu trahiffais les penfées
d'Elife, & pour cela même tu me plais davantage. Mais que tu me parais charmant, lorfque
devenant une légere coëffure, ton réfeau eft
placé parmi les beaux cheveux de mon Elife !
Que dis-je ? Eft-ce là ton plus cher emploi, heureux filet ? Ah ! lorfqu'un fein d'albâtre veut être
voilé par tes nœuds, alors trahiffez les petites
mailles, alors rendez vos contours moins ferrés,
s'il eft poffible, & puifqu'une fois Elife eft
cruelle, puniffez-zlà en fervant l'Amour en dépit de fa rigueur.

LES SOUVENIRS D'ALINE.

Assise dans fa cabane, éloignée de fon Amant, c'eft ainfi qu'Aline charmait fes ennuis par de tendres fouvenirs.

La voici cette cabane, où Alexis m'a fuivie tant de fois le foir après la danfe : tout ici le rappelle à mon cœur. Voici la place où il s'af-feyoit à mes pieds tandis que je filais. . . . Combien de fois je quittais mon ouvrage ! Nos yeux fe rencontraient, un foupir était fuivi d'un bai-fer. Que nous étions heureux ! . . . Alexis, mon ouvrage tombe encore de mes mains , & ce n'eft plus que pour fonger à toi. Ici, je retrouve cette corbeille que tu m'as donnée; nous l'em-pliffions de fruits. Je me rappelle cette prune que tu me volas , parce que mes levres l'a-vaient touchée. Je me vengeai en buvant dans le vafe ou tu venais de te défaltérer. . . . . Mais j'entends le roucoulement de mes tourterelles; ô Alexis ! Quel fouvenir pour ton Aline : je ne

l'oublierai point ce jour où nous apperçûmes
ces tendres oiseaux ! Tu ne m'avois pas encore
dit que tu m'aimais : nous étions sous les saules
qui bordent le ruisseau.

Aline, me dis-tu, regardes ces tourterelles,
comme elles se poursuivent ! As-tu déjà remar-
qué cela ? Non, dis-je, Alexis. Mais elles se
donnent des coups de bec, séparons-les. En di-
sant ces mots, je voulais couper une branche de
saules pour les séparer. Arrêtes, Aline, me dis-
tu, c'est le Plaisir qui agite leurs aîles. Le
Plaisir ! Alexis ? Oui, ma chere Aline : imitons-
les, plutôt que de les troubler .... & ton
premier baiser me fit connaître le Plaisir. O Alexis !
m'écriai-je, qu'elles sont heureuses les tourterelles ! imitons-les souvent, je veux en avoir
dans ma cabane ; & le lendemain tu m'apportas
celles que j'entens gémir.

Mais toi, que fais-tu loin d'Aline ? oublies-tu
son amour & ses fermens, ô Alexis ? Quelle
bergere t'aimerait comme elle ? Que ne peux-tu
être témoin de l'ennui qui m'accable ! Depuis

notre féparation, les accens fi doux des roffi-
gnols n'ont plus de mélodie ; le cryftal des fontaines ne me fert plus de miroir ; hé! pourquoi
ornerais-je mes cheveux de fleurs? Alexis eft loin
de moi. L'éclat de la rofe fied mal à des yeux
baignés de larmes; & la tendre violette ne doit
parer que le fein de la bergere heureufe qu'une
même guirlande unit à fon amant.

Ainfi lorfque mes compagnes s'affemblent le
foir pour folâtrer fur les prés fleuris , Aline,
trifte & rêveufe, fe cache fous quelque ormeau
folitaire. Que ferais-je parmi la troupe gaie des
filles du Plaifir ? Irai-je troubler les chants d'a-
mour par mes foupirs? En vain la jeune Irfa
voulut un jour me diftraire en me forçant à la
fuivre. La lune commençait à paraître , le ciel
brillait de mille feux : la prairie, les danfes , les
inftrumens ruftiques, l'heure nocturne, tout me
rappelle l'inftant où je vis Alexis pour la premiere fois. Cependant les danfes ceffent , les bergeres fe féparent, les pafteurs les fuivent dans
les cabanes voifines. Irfa s'éloigne avec le tendre

Hilas. Elle m'oublie. Je reſte ſeule; le déſeſpoir s'empare de mon ame. Tous les échos répetent bientôt le nom d'Alexis : « où es-tu ? » diſais-je, « voici l'heure des amans, & ton Aline eſt ſeule » privée de toi! Alexis, le cruel devoir doit-il » l'emporter ſur l'Amour; arrache-toi à ton pere, » ne ſois plus ſéparé d'Aline»..... Mais bientôt accablée, je tombe ſur le gaſon, la fraîcheur de la nuit me procure un doux ſommeil, les ſonges legers m'environnent ; ils m'offrent Alexis, je crois le voir.... Je le preſſe ſur mon cœur.... Sa bouche efface les traces des larmes répandues ſur mes joues. Il m'adore, il me le jure. Je cede à ſon amour..... Mais la jeune Aurore paraiſſant ſur ſon char de vermeil, éveille la nature ; la roſée qui tombe ſur mon ſein me rend au jour. Je reconnais l'illuſion, & je ſuis plus tranquille. J'ai tracé mon ſonge ſur l'écorce d'un jeune ar-bre, toutes les bergeres l'ont lu ; & depuis elles diſent à leurs amans : Je vous aime auſſi tendre-ment qu'Aline aime Alexis.

LE LEVER DE L'AURORE.

La Nuit ploie ſes voiles, elle fuit avec les ombres..... Suivons la lueur incertaine du foible crépuſcule qui ſemble naître derriere cette colline.... Quel ſpectacle raviſſant s'offre à mes yeux ! c'eſt l'Aurore, la plus douce des Immortelles, endormie ſur un lit de feuilles de roſes ; ſes blonds cheveux épars ſemblent jaloux de l'ivoire qu'ils s'efforcent de dérober. Zéphir les dérange..... Titon ſourit. Titon, tendre époux d'Aurore, c'eſt en vain qu'elle vous aime ; c'eſt en vain qu'elle fixe ſur vous ſes premiers regards, & que vous tâchez de la retenir par vos careſſes : déjà parée de ſa robe de gaze, elle s'arrache à l'Amour pour le bonheur de la Nature ; & montant ſur ſon char de vermeil, elle commence ſa carriere ; la lenteur de ſa courſe exprime la peine qu'elle reſſent de quitter ſon amant. Les Dieux toujours charmés de la voir l'attendent au paſſage ; Hébé lui donne le Nectar qu'elle doit répandre ſur les fleurs ; Vénus la re-

garde avec jaloufie. Malgré le dépit de leurs meres,
les Graces & les Amours aiment à folâtrer avec
l'Aurore. Mais comment exprimer le raviffement
de l'Univers au retour de l'aimable Aurore? Les
petits oifeaux le célébrant par leurs chants, éveil-
lent les bergers..... moment favorable à la volupté. Corine a bravé Hilas pendant la chaleur
du Soleil, elle l'a fui le foir.... Il la furprend cueil-
lant des fleurs au lever de l'Aurore.... c'en eft
fait, Hilas eft vainqueur.

La timide Life n'ofait aller feule dans la prairie.
Les bergers dorment, dit-elle; allons rendre
hommage à l'Aurore; elle fuit un fentier de verdure, une fontaine l'arrête.... l'eau argentée l'engage à fe baigner. Life dans la fontaine a l'air
d'une Nymphe de Diane; elle fe plaît à confidé-
rer fes traits répétés dans le cryftal limpide,
& n'a point vu Mizire qui l'a fuivie de loin. Il
approche, où fuir? il n'eft pas même un rofeau
dans la fontaine.

L'Aurore fourit aux plaifirs des bergeres; mais
auffi bienfaifante que belle, elle répand fur les

vergers

vergers cette rofée délicieufe qui les fertilife ; les fleurs la reçoivent dans leurs calices parfumés, & leurs couleurs en font plus vives. Une goutte de rofée tombée fur le fein d'Iris l'éveille au moment où un fonge léger commençait à l'inquiéter. L'Aurore fait le bonheur du monde , & l'œil ravi par fa préfence le difpute au cœur reconnaiffant de fes bienfaits.

G

À EMILIE,

Fille de M. ***, Peintre de l'Académie.

Dɪs-ᴍᴏɪ, cher Cupidon, quel est cet enfant qui jouait hier avec toi au bord de la fontaine? ... Tu ne me réponds pas : tu as beau faire, petit jaloux, je te devine, tu es fâché de ce que les Nymphes ont dit qu'Emilie est auſſi jolie que toi. Oui, ſes graces enfantines effacent les tiennes. Cupidon, briſe ton arc, les yeux d'Emilie te ſerviront mieux que tes traits; ſa peau reſſemble à la gaze de ton bandeau; & ſes levres vermeilles reſſemblent à un bouton de roſes que Zéphir n'a pas encore ouvert. Malheur aux Bergers qui verront Emilie à ſon troiſieme luſtre; car elle n'a qu'un cœur. Petits Amours, formez des chaînes de violettes; liez-en Emilie, tandis qu'elle folâtre avec vous. Il viendra un tems où elle craindra vos careſſes; maintenant elle ſourit au trait qui doit la bleſſer. Mais Cupidon ſera-t-il toujours fâché

contre Emilie? Non, non; & pour la mieux
fervir, le rufé lui donnera le pinceau de fon
pere.

SACRIFICE D'UNE NYMPHE
A VÉNUS.
A M. DE * * *.

JE me fuis lévée ce matin avec l'Aurore. J'ai orné mes cheveux de fleurs , je me fuis fait une ceinture avec des guirlandes de violettes ; & , parée comme une Nymphe de Vénus, je lui ai offert un facrifice.

D'abord ayant élevé un Autel de mouffe, je l'ai couvert de feuilles de rofes en l'honneur des larmes qu'Adonis a coûté à la Déeffe des Amours. Après avoir formé un bûcher de branches de mirthes & de Cyprès, je l'allumai avec le caillou, image des cœurs infenfibles. La flamme ayant confumé mon offrande, je regardais de tout côté fi je n'appercevrais pas quelque figne favorable , lorfque j'apperçus deux moineaux qui fe becquetoient amoureufement fur un arbriffeau. Vénus, tu m'es propice .... reçois mes vœux. En même tems deux colombes volent

fur l'autel en formant le plus doux roucoulement. Tendre Déeffe! au nom des careffes de
ces oifeaux qui te font confacrés ; au nom des
boucles flottantes fur ton fein, dont la volupté
a féduit tour-à-tour, & le fier Mars, & le jeune
Anchife, & le malheureux Adonis; au nom de
tes charmes divins, s'il eft vrai que mon âge qui
me permet de folâtrer avec les Graces, me donne
quelques droits à tes faveurs, combles de tes bienfaits le mortel qui a fait le bonheur de mon pere.
Tu le connais, ô Vénus, car la beauté timide
trouve un afyle auprès de lui ; il feche fes pleurs ;
permets donc que les Graces lui fourient fans
ceffe ; qu'elles le couronnent de fleurs, tandis qu'il
boira le nectar verfé dans fa coupe par une naïve
Bergere. Que ton fils lui donne fa plus belle fleche,
pour bleffer le cœur qu'il voudra choifir ; mais
défends-lui de prêter fes aîles ; C. eft trop aimable pour être inconftant ; il coûterait des larmes, il ne doit coûter que de tendres foupirs.
Apprends-lui, belle Vénus, que tu préferes la
fidélité des tourtercelles à la légereté des papil-

lons. Et vous, petits Amours, dites à C. lorfqu'il voudra entendre les vœux de la reconnoiffance, qu'il la trouvera dans mon cœur; elle en
a fait fon temple.

LA CRUCHE CASSÉE,

Conte sur un tableau de M. Greuse.

JEUNE fillette, apprenez à ne jurer de rien; &
sur-tout ne dites point : Je ne casserai jamais
ma cruche. Tu me fais trembler, disoit mere
Jeanne à la jeune Alix , tu me fais trembler toutes
les fois que je te vois partir avec ta cruche :
prens bien garde ma fille , rien n'est si fragile.
Ne craignez rien , ma bonne mere , dit naïvement
Alix , je ne casserai point ma cruche ; & la voilà
partie.

Si jeunesse savoit ! continue la vieille ..... Je
me souviens encore du jour que je cassai la
mienne , il y a pourtant bien des années. Ce jour-
là , Thérese cassa la sienne & Simonette aussi.
Que de cruches cassées dans le monde ! & cet
enfant croit conserver la sienne ; toujours dan-
sant, toujours sautant , tantôt sur un pied , puis
sur l'autre. Voyez comme elle court. Alix ,
Alix , gare la cruche. Effectivement Alix dans la

prairie bondiffait comme un jeune agneau.
Arrivée à la fontaine, elle remplit fa cruche,
&, la pofant fur fa tête, elle marche gaiement
en fuivant la mefure d'une chanfon. Les accens
de fa voix font accourir mille oifeaux, car
Alix entrait dans un bois : mais s'il eft des
oifeaux dans les bois, il eft auffi des Bergers.
Lucas favait qu'Alix devait paffer par-là ; & tandis qu'elle folâtre, le voici qui paraît. Alix veut
fuir, le pied lui manque. Alix, Alix, criait de loin
mere Jeanne, la cruche, le cruche. Ah ! le méchant
Lucas !... Alix fe releve, mais un corfet flexible au battement de fon cœur, en trahit l'agita-
tion. Un bouquet éfeuillé, un fichu dérangé,
des cheveux en défordre, & fur-tout l'étonnement d'Alix, tout dirait que la cruche eft caffée,
quand le vafe félé qu'elle tient à fon bras ne
prouverait pas fon malheur.

ROSE ET ZÉPHIR.

A ROSETTE, fur la naiffance de fon fils.

DANS un bofquet était une jeune Rofe:
en vain l'anémone aux brillantes couleurs, la
jacinthe au double calice, la jonquille à la douce
odeur, l'œillet couleur de feu, & même celui
que fa blancheur rend digne de parer les Vierges
du Soleil, auroit voulu l'emporter fur elle;
Rofe effaçait toutes les fleurs. Lorfqu'une Bergere venait dans le bocage, elle difait : je voudrais reffembler à cette Rofe. Lorfqu'un Amant
voulait flatter fa Maîtreffe, il lui difait : tu es
auffi belle que la Rofe du bofquet. Rofe était
auffi fage que belle ; elle ne pouvoit cependant
empêcher les Amours de fe jouer fous fes
feuillages, mais lorfqu'ils approchaient trop
près, une épine les avertiffait de s'en tenir au
fimple badinage.

Lorfqu'une abeille fatiguée de fon labeur ,

cherchait un repas délicieux, elle le trouvait dans le fein de Rofe, elle y refpirait l'ambroifie, elle y goûtait un fommeil tranquille, un repos fûr qui lui rendait fon courage.

Zéphir vint au bofquet, il vit Rofe, il l'aima: Rofe l'apperçut ; elle était fenfible . . . . . Il n'eft pas défendu d'aimer.

Les Fleurs jaloufes de Rofe triomphaient. Rofe aime, elle ne fera pas toujours belle ; Zéphir eft volage, nous fommes vengés. Bientôt un bouton, tendre fruit des careffes de Zéphir, parut auprès de Rofe. Elle eft mere, dirent les Fleurs, Zéphir va être infidele.

Les Fleurs fe trompaient. Si Rofe n'eût été que belle, peut-être Zéphir eût changé. Mais Rofe joignait à fon éclat une couleur tendre, image de la candeur ; un parfum délicieux, fymbole de la douceur ; une fraîcheur enfin, image de la délicateffe ; elle y joignait la tendreffe & la fidélité. Zéphir fe fixa pour jamais ; &, du bouton, naquit.... Devine, devine, petite Rofette, toi, dont le vrai portrait eft ma Rofe, ne reconnaî-

tras-tu pas ton fils. . . .? Reconnaîs auffi l'amitié
dans l'Abeille qui fe repofe dans ton cœur où
ton amie a trouvé mille fois le bonheur, en te
faifant lire dans le fien.

A MONSIEUR C....

Secrétaire de l'Académie Royale de Peinture et Sculpture,

A l'occasion d'un Dessin servant de frontispice à cet Ouvrage, qu'il a dédié à l'Auteur, représenté sur le Parnasse.

TANDIS que nos troupeaux paissent l'herbe fleurie, asseyons-nous, Bergeres, à l'ombre de ces saules : je vais vous conter comment je fus conduite au Parnasse. Folâtre Life, va plus loin attraper des papillons ; & toi, Misire, quitte ta flûte, mes accents sont plus doux : ils vont célébrer un Artiste semblable aux Poëtes favoris d'Apollon. Que les cœurs m'écoutent, que les yeux me suivent, je rends hommage à des talents qui les ont charmés mille fois.

Vous le savez, Bergeres, j'ai toujours aimé la poésie ; &, dès mon enfance, je faisois des hymnes en l'honneur des Dieux. Depuis, j'exprimai mes pensées sur l'écorce des arbres , &

fouvent j'ai paffé des jours entiers à l'ombre des forêts. Là je chantais la douceur des Zéphirs , le murmure des ruiffeaux , le parfum des violettes ; quelquefois élevant un autel de mouffe , j'offrais des dons aux Mufes , & priais ces filles du Ciel d'embrafer mon ame. Bientôt je ne chantai plus les fleurs , ni la verdure ; un enfant devint l'objet de mes vers , & je vantai l'Amour pour me garantir de fes fleches. . . . Je vous vois fourire , jeunes Bergeres . . . . oui , je crains l'Amour , mais je n'en fçais pas moins qu'il peut nous rendre heureufes.

Un foir d'été , mes chevres s'étant écartées dans un bocage , je continuai mes chants plus tard ; accordant ma lyre , je fis répéter aux échos comment une jeune fille a découvert l'Art divin de la peinture , en deffinant l'ombre de fon amant pour en poffeder l'image. « Ingénieux » Amour », difais-je , « c'eft à toi que nous dé- » vons le plus charmant des Arts , mais fi tu in- » venta le deffin , combien de cœurs ne t'a-t-il » pas gagnés? Hé ! qui ne foupirerait pas en

» voyant Vénus fouriant à la Volupté, naître
» fous les doigts de C....! On dirait qu'Amour
» a conduit fon crayon pour deffiner fa mere ».

J'allais continuer, lorfqu'un homme fortant
du bocage m'interrompit : le feu qui brillait dans fes yeux, & la fimplicité de fon habil-
lement me firent connaître que c'était un Artifte.
« Suis-moi «, me dit-il, « ton goût pour les Arts
» te fait chérir des Mufes ». Auffitôt le Parnaffe
qui borne notre prairie, & qui femble fi efcarpé,
me parut d'un facile accès. Deux routes cependant
laiffaient dans l'incertitude, l'une était femée
d'un fable brillant & décorée d'arbres taillés
en portiques; l'autre bordée feulement d'une
haie de pampre foutenue de quelques ormeaux.
Mon guide prit cette derniere : « C'eft celle de la
» Nature », me dit-il, « je l'ai toujours fuivie ;
» ne t'en écartes jamais. C'eft ici que les Graces
» pafferent, lorfqu'elles monterent au Parnaffe :
» Voltaire a marché fur leurs traces, & le Chantre
» de Bélifaire y découvrit les amours d'Annete ».
En parlant ainfi, nous arrivâmes au haut de la

montagne : c'eft-là que Caftalie, Nymphe autre-
fois, fut métamorphofée en fontaine, & reçut
d'Apollon le pouvoir d'infpirer ceux qui boi-
raient de fes eaux ; fontaine précieufe, mais in-
acceffible à tant de Poëtes, ton doux murmure
femble reprocher au dieu du Pinde fa cruauté ;
& malgré fon bienfait, tu lui demandes encore
tes premiers charmes ! bientôt nous apperçûmes
les Mufes. « Voilà », leur dit mon guide, «une
» Bergere que j'ai conduite au Parnaffe ». En difant ces mots, il me donna la couronne qu'il
avait reçue des Graces. » C... », s'écrierent les
Mufes, « tu peux la lui céder : ton crayon fuffit
» pour graver ton nom au Temple de Mémoire.»

FIN.

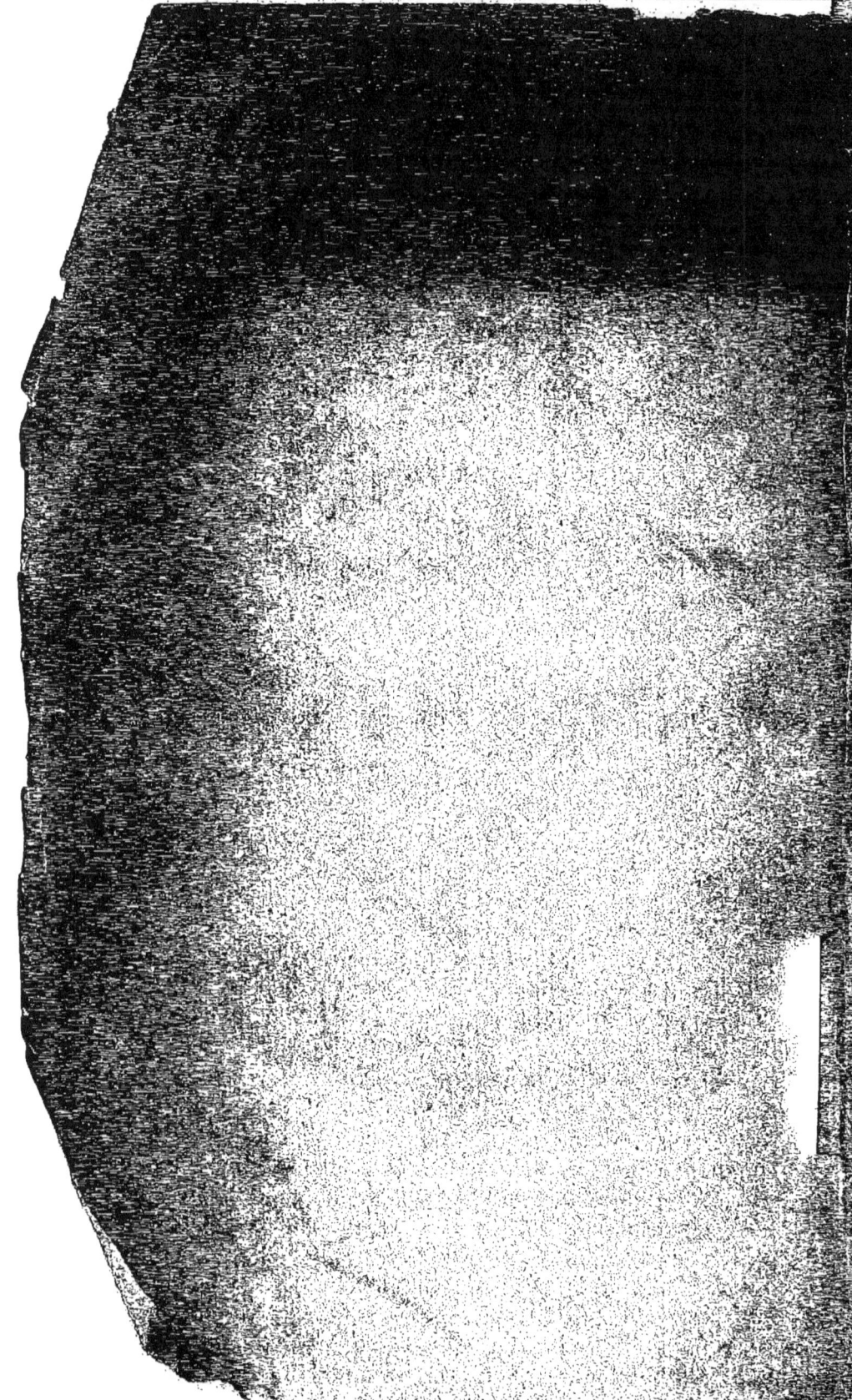

MADEMO'SELLE D° — ORIGINE DES GRACES.

www.ingramcontent.com/pod-product-compliance
Lightning Source LLC
Chambersburg PA
CBHW070802280626
47162CB00016B/1601